은밀하게
나를
사랑한
남자

L'HOMME QUI M'AIMAIT TOUT BAS
by Éric Fottorino

Copyright ⓒ Editions Gallimard 2009
Korean Translation Copyright ⓒ MUNHAKDONGNE Publishing Corp., 2015

This Korean edition is published by arrangement with Editions Gallimard
through Sibylle Books Literary Agency, Seoul.

이 책의 한국어판 저작권은 시빌 에이전시를 통해
프랑스 Gallimard 사와 독점 계약한 (주)문학동네에 있습니다.
저작권법에 의해 한국 내에서 보호를 받는 저작물이므로
무단 전재 및 무단 복제를 금합니다.

이 도서의 국립중앙도서관 출판예정도서목록(CIP)은
서지정보유통지원시스템 홈페이지(http://seoji.nl.go.kr)와
국가자료공동목록시스템(http://www.nl.go.kr/kolisnet)에서 이용하실 수 있습니다.
(CIP제어번호: CIP2015027691)

Éric Fottorino
에릭 포토리노
지음

윤미연
옮김

은밀하게 나를 사랑한 남자

L'Homme qui m'aimait tout bas

남자

문학동네

생전에 다 하지 못한 말들이
무덤 속에 누워 있는 자들을 무겁게 짓누른다.

몽테를랑

1

2008년 3월 11일 날이 저물 무렵, 라 로셸 북쪽 어느 구역에서 아버지는 엽총으로 목숨을 끊었다. 그는 주차장에 차를 세워놓고 조수석에 앉아 있었는데, 아마도 핸들이 걸리적거려 그랬던 것 같다. 그는 좌석을 조금 뒤로 젖히고 두 다리를 쭉 뻗은 다음, 총신을 몸에 걸친 채 총구를 입안에 넣고 아주 민첩한 동작으로 방아쇠를 당겼다. 하얀 가운, 가무잡잡한 얼굴빛, 태양의 남자답게 눈부신 미소를 띤 그, 바조주 거리의 물리치료사였던 시절 황금 손의 사나이로 불렸던 그가.

무엇이 나로 하여금 이 글을 계속 써내려가게 하는지 모르겠다. 모든 게 아주 혼란스러우면서도 아주 명료하다. 나에게 자신의 성姓을 비롯해 많은 것을 주었던 아버지는 그와 같은 결말을 선택했다. 경찰서에서 경찰관은 우리 형제들(동생 프랑수아와 장 그리고 나)에게 투명한 비닐봉투 안에 든 탄피를 보여주었다. 멧돼지 사냥에 쓰는 십이 밀리미터 구경의 탄피 하나. 아버지는 한 번에 성공하기를 원했던 것이다. 하지만 깃털처럼 가벼워 보이는 그 불그스름한 플라스틱 총신은 전혀 위험해 보이지 않았다. 그 단발 엽총은 요즘에는 거의 사용하지 않는 구식 모델이라고 경찰이 말해주었다. 우리는 서로의 얼굴을 멀뚱멀뚱 쳐다보았다. 우리는 아무것도 생각나지 않았다. 삼촌들과 고모들은 '버펄로 콩쿠르'를 떠올렸다. 할아버지가 당신의 맏아들이 열한 살 되던 해 중학생이 된 기념으로 선물한 생테티엔 사의 엽총. 나는 계산을 해보았다. 1948년. 튀니지에서 그 총은 영양이나 뿔이 둥글게 휜 야생 양들을 쫓아 엘제리드 소금 호수를 뛰어다닐 만한 나이의 사내아이들에게 흔히 주는 선물이었다. 하지만 이건 그 엽총이 아니었다. 바보 같지만 우리는 아버지가 할아버지에게서 선물받은 버펄로 콩쿠르로 '그 일'을 하지 않았다는 걸 알고 마음이 놓였다.

그다음날 한 통의 편지를 우편으로 받았다. 나는 겉봉에 쓰인 그의 필체를 알아보았다. 전날부터 눈물이 말라 동굴에서 물이 떨어지듯이 속으로 울고 있었다. 그는 내 마음속 곳곳에서 나에게 말을 건넸다. 내 귓속에는 그의 목소리가 생생하게 울렸고, 눈에는 그의 모습이 선연했다. 내 속에 살아 있으므로 그는 살아 있는 것이었다. 그렇지 않은가? 그의 편지는 나를 울게 할 만한 내용으로 가득차 있었고, 실제로 그렇게 했다. 봇물이 터졌다. 편지를 읽기 위해 나는 보는 사람이 아무도 없는 곳을 찾았다. 봉투 안에는 프랑수아와 장에게 보내는 편지도 각각 한 통씩 들어 있었다. 그 편지를 그들에게 전달하는 임무는 내게 맡겨졌다. '영혼을 구제하는 임무를 맡다'라는 어구가 머릿속에 떠올랐다. 그는 형제들의 이름을 적은 편지를 우리집 주소로 보냈다. 그 주소를 보는 순간 갑자기 몸이 떨렸다. 지금 나는 예전에 군부대가 있었던 곳에 살고 있다. 조용한 거리. 티르* 거리.

그가 자살을 결심한 후 자신의 아들들과 지인들이 조금도 더 듬거리지 않고 쉽게 읽어나가기를 바란 듯 떨지 않고 또박또박 가지런한 필체로 써내려간, 그 믿을 수 없을 만큼 신중하고도 명료한 편지를 보고 내가 번민한 것은 한 문장 때문이다. 그것은 평소 그의 글씨처럼 알아보기 힘들 정도로 깨알같이 작은 글씨

---

* '사격' '발사'라는 뜻.

가 아니라, 하늘을 향해 쭉쭉 뻗은 큼직한 글씨, 숨을 깊이 들이마시고 자기 안으로 생명력이 밀려들어오는 것을 느낀 사람의, 삶을 저버리기로 결심한 사람이 쓴 것 같지 않은 글씨였다. 프랑스의 각기 다른 지역으로 보내는 여섯 통의 편지. 그런데 이상하게도, 어느 것에서도 소인을 찾아볼 수 없었고, 발송 장소나 날짜, 시간도 전혀 기재되어 있지 않았다. 나는 아직도 그 수수께끼의 답을 모른다. 그저 우연이었을까, 아니면 자신의 흔적을 지우려는 의도에서였을까? 이 마을 저 마을 돌아다니며 다리를 고쳐주거나 고관절이나 손을 치료해주며 알고 지낸 사람들이 사는 마을의 우체국장이 그의 뜻에 따라 손을 써준 것일까? 얼룩하나 없는 그 새하얀 봉투 때문에 그의 죽음에 관한 불가사의는 더욱 짙어졌다. 마치 그가 스스로 삶을 마감한 곳에서 오백 킬로미터도 넘게 떨어진 내 집 우편함에 그것을 직접 갖다놓은 것 같았다.

나를 번민하게 하고 오열의 수문을 열게 만든 그 문장은 이랬다. '장하다, 에릭. 그랑파르크의 개구쟁이가 어느새 이렇게 어엿한 어른이 되었구나.' 그건 그가 내 어머니를 만나 결혼하고 나를 자신의 호적에 올리기 전, 자신의 성, 내가 부적처럼 간직한 그 성을 어머니와 나에게 주기 전인 1960년대 말, 우리 모자가 보르도에서 단둘이 살던 시절을 되살아나게 했다. 그의 성에는 튀니지 남부의 느낌이 묻어났다. 아랍 과자점들, 그곳의 억양, 열기와 푸른 하늘, 토죄르*의 모래언덕들과 꿀 그리고 그의 목소리, 말을 너무 많이 했다는 듯 입을 꾹 다물고는 더없이 다정한 눈길로 나를 바라보거나 한쪽 눈을 찡긋하며 나에게 무언의 동조를 구할 때 하던 특유의 제스처에서 묻어나던 한없이 인간적인 느낌.

그 시절 나는 아직 그를 미셸이라 불렀고, 그의 대가족 집안에서는 미슈라고 불렀다. 그는 근육질 몸매에 온화한 성격의 미남이었다. 햇볕에 자연스럽게 그을린 구릿빛 피부에 표정이 풍부한 갸름한 얼굴, 자기 자신과 자신의 매력, 자신의 힘을 믿는 사람이 짓곤 하는 선하고 너그러운 표정. 왠지 영화 속에 나오는 배우 같은 느낌. 〈세자르와 로잘리〉에서 이브 몽탕이 사미 프레에 대해 했던 말이 떠오른다. "걱정이라곤 없는 친구 같아." 그러자 로미 슈나이더가 이렇게 대답한다. "그런 걸 매력이라고 하죠." 그와 함께 있을 때 어머니는 행복해 보였다. 어느 날 저녁 그는 내 방에 들어와 목소리를 가다듬기 위해 마른기침을 한 뒤

---

* 튀니지 남서쪽, 알제리 국경 근처의 도시.

물었다. 자신이 내 아버지가 되었으면 좋겠는지, 내가 자기를 아빠라고 부를 수 있겠는지. 나는 내가 쓴 여러 권의 책에 그 마법적인 순간에 대해 이야기했는데, 그걸 다시 읽어본 적은 없었다. 나는 황급히 그 책들을 꺼내 열에 들뜬 듯 책장을 뒤적이며 그 부분들을 찾아보았다. 한번은 그를 낚싯대 장수로, 한번은 양손이 잘린 굴 양식업자로, 또 한번은 '나의 아버지 미셸 포토리노에게'라고 헌사를 바치며 꾸밈이나 거짓 없이 있는 모습 그대로 묘사하기도 했다. 아직 살아 있는 그의 모습이 담긴 그 단락들을 찾으려 할 때마다 손이 떨렸다. 나는 내 소설들에서 생의 증거, 그가 이 세상에 머물렀던 증거, 우리가 함께 행복했던 증거를 찾는다. 바로 그 순간 나는 글쓰기의 마술적인 측면을 깨달았다. 책 속의 인물은 늙지도 죽지도 않는다는 것을.

내가 쓴 책에서는 전혀 묘사된 적이 없는 한 장면이 떠오른다. 미셸과 엄마는 얼마 전부터 사귀고 있다. 우리는 어느 봄날 저녁 가론 강을 따라 걸어간다. 우리는 교외의 술집에서 저녁을 먹었고, 지금 그들은 내 앞에서 걸어가고 있다. 엄마는 왼팔로 미셸의 허리를 두르고, 미셸은 엄마의 어깨를 팔로 감싸 안고 있다. 어느 순간 나는 서로를 꼭 껴안은 그들이 차츰 내게서 멀어지며 점점 작아지도록 내버려둔다. 두 사람의 그림자는 이제 한덩어리가 되어 거울 같은 강물 위로 몸을 굽히고 있다. 나는 손을 내밀고 원근을 조절해 그들이 내 손바닥 안에서 걸어가게 만든다. 거기서 내가 손바닥 안에 붙잡는 건 바로 나의 삶, 새롭게 시작하는 우리의 행복한 삶이다. 나는 곧 아홉 살이 될 것이고, 이제 막 태어났다. 내 이름은 이제부터 에릭 포토리노가 될 것이다. 나는 그랑파르크의 개구쟁이이고, 그는 그 개구쟁이를 축구장에 데려가기 위해 파란색 심카*를 타고 온다. 그리고 저녁마다 그 차를 우리집 창밖에 세워놓는다. 나는 잠들기 전 그 차가 떠나지 않고 그곳에 그대로 있음을, 그가 우리와 함께 머물러 있음을 확인한다.

정오 무렵 라 로셸에 도착했다. 동생들이 나를 기다리고 있었다. 우리는 병원 영안실을 향해 출발했다. 기차 안에서 나는 지난 삶을 돌이켜보았다. 생일이 나와 같은 8월 26일이지만 나보다 십 년 늦게 태어난 프랑수아, 언제나 나의 생일 선물인 프랑수아, 그리고 장, 1971년 12월 30일에 태어난 크리스마스 선물, 나의 두 동생, 우리가 아버지가 다른 형제라는 생각은 우리의 머릿속에 절대로 떠오르지 않을 것이다.

---

*프랑스 자동차 모델명.

어머니에게 소식을 알린 건 나였다. 어머니와 아버지는 거의 이십오 년 전부터 따로 살았다. 전화기 너머로 들리는 어머니의 길고 날카로운 비명.

1997년 생디에데보주에서 열린 국제 지리학 박람회장에서 어느 날 우연히 장 아르노투를 만났다. 그의 형 장피에르는 옛날 라 로셸 바조주 거리 시절 내 아버지와 함께 일했던 류머티즘 전문의였다. 그는 1970년대에 우리 부모님을 알고 지냈다. 그와 나는 약간 우수에 젖어 그 시절을 회상했다. 당시에는 그 무엇도 두 분 사이를 갈라놓을 수 없을 것 같았다. 그때 장이 했던 말이 지금도 내 마음속에서 되울린다. 자네 부모님은 라 로셸에서 가장 아름다운 부부였지. 기억을 떠올리는 건 이제 쓸데없는 일이고 잔인하기까지 한 일이다. 그 시절 두 분의 흑백사진을 갖고 있긴 하지만. 아주 멋진 사진, 그 사진에서 그는 까마귀 날개 같은 머리, 물결치듯 구불거리는 머리칼 아래 이를 활짝 드러낸 채 웃고 있고, 엄마는 우윳빛 살결, 다갈색 머리에 장난기 넘치는 익살스러운 표정, 마를렌 조베르*의 여동생 같은 표정을 짓고 있

---

* 프랑스의 여배우.

14

다. 두 사람의 눈은 빛나고 있다. 그들은 젊고 쾌활하다. 그들은
활기로 가득차 있다.

2

그가 그날 해질 무렵 그 주차장에 차를 세우기 전에 하루종일 뭘 했을지 궁금하다. 그리고 그 전날은. 그리고 마지막 밤은. 그의 아내 니콜은 아무 낌새도 알아차리지 못했다. 그는 평소처럼 아침식사로 커피 한 잔을 마시고 집을 나섰다.

아버지, 당신은 어디를 갔고 누구를 만난 겁니까? 그리고 왜 다른 날이 아닌 바로 그날이었습니까? 그전에도 죽을 수 있는 시간은 얼마든지 있었을 텐데. 망설이고, 의심하고, 포기할 생각을 했던 겁니까? 아니, 분명히 그 반대였겠지요.

나는 상상해보려 한다. 하지만 상상은 아무런 도움이 되지 않는다. 그는 나를 만나려 하지 않았다, 내가 그에게 전화할 생각을 하지 않았던 것과 마찬가지로. 나는 아무것도 예감하지 못했다. 그날 저녁 들은 내 아내 나탈리의 목소리가 아직도 귀에 들리는 듯하다. 아내가 전화를 했다. 교외로 나가는 열차를 탄 나는 통로 중간에 서 있었다. 그녀의 목소리가 말했다. 아버님한테 일이 생겼어. 나는 맞받아치듯 말했다. 돌아가셨구나. 질문이라기보다는 확신이었다. 나탈리는 그렇다고 대답했고, 터널 입구에서 전화가 끊어지기 전에 나는 그녀의 말을 알아듣고 이해했다. 물론 그 자리에서 즉시 이해한 건 아니다. 오히려 아무런 느낌도 없었다. 그가 돌이킬 수 없는 선택을 한 시각에 나는 분명히 내 사무실에 있었다. 바로 그 순간에 내가 정확히 무엇을 하고 있었는지 기억해내려 해본다. 하지만 무슨 소용일까, 그때 이미 그는 연락이 닿을 수 없는 곳에 가 있었는데. 게다가 그가 갖고 있는 휴대전화는 무용지물이 아니던가. 그는 휴대전화를 사용하지 않았다. 그는 휴대전화에 걸려오는 전화를 받지 않았고, 그래서 내 휴대전화에는 그의 휴대전화 번호가 입력되어 있지 않았다. 갑자기 열차가 덜컹거리는 바람에 나는 균형을 잃고 비틀거렸다. 나는 금속 손잡이에 가까스로 매달렸다. 넘어지지 않았다. 나는 울지 않았다.

3월 11일, 화창한 날이었다. 바로 그날 아침에 이 편지들을 부친 걸까? 아니면 그 전날 저녁에? 입증할 수 있는 우체국 소인이 없기 때문에 그걸 알아내는 건 불가능하다—그리고 도대체 뭘 입증한다는 말인가? 편협하고 완고한 사람이나 관례를 추종하는 보수적인 사람과는 거리가 멀게 기존 질서를 혐오하면서 신 없이, 오직 자신의 윤리와 고매함, 심장의 박동, 마음의 열정으로 자기가 끝까지 사랑했던 삶만을 믿었던 그였다. 그런 그가 마치 죽음의 예행연습이라도 하듯 이 편지들을 하나씩 하나씩 우체통 속에 미끄러뜨려 넣으면서 조금이라도 몸을 떨었을까? 그의 심장은 멈추기 전에 좀더 세차게 뛰기라도 했을까? 아니, 그는 떨지 않았다. 아주 먼 옛날에 한 어떤 약속, 그가 알제리에서 프랑스 군복을 입고 자신의 아랍 형제들을 향해 총을 쏘아야 했을 때, 또는 그보다 최근에 심장 발작으로 온몸이 마비될 뻔했을 때 의식의 가장 깊고 은밀한 곳에 봉인해두었던 자신과의 약속을 지키는 것이었을 테니까. 그는 아주 열심히 재활 훈련을 했다. 쇠로 된 작고 검은 아령, 아주 천천히 들었다 내렸다 하는 닳아 해진 가죽 모래주머니, 손아귀에 쥐고 누르는 악력기 같은 것으로 훈련을 거듭한 덕분에 그는 조금씩 손과 팔을 다시 쓸 수 있게 되었다. 그는 자신의 누이 준과 그녀의 남편 앙드레의 집 아무도 들여다보지 않는 차고 한구석에 틀어박혀 마치 상처 입은 짐승처럼 사람들의 눈을 피해 자신을 치료하면서 난관에서 헤어나오고 있었다. 어느 날 그는 나에게 말했다. 만일 내가 끝내 회복하지 못한다면…… 사실 그는 아무 말도 하지 않았다. 그는 손가락 하나를 총신처럼 세워 자기 목에 갖다 대는 시늉을 했을 뿐이다. 그는 쇠약해져가는 자신을 용납할 수 없었을 것이다. 그가 빛과 영광을 멀리하면서 좀더 신중했더라면, 절대로 그 자신의 그림자가 되어버리지는 않았을 것이다. 그 고백은 나를 공포에 빠뜨렸지만, 얼마 지나지 않아 나는 그 일을 잊어버렸다. 그런데 만일 그가 그후 어느 날, 그 치명적인 행위를 하기 위해 자신의 오른손을 고친 거라면? 그의 옛 동료였던 장피에르 아르노투가 했던 말이 떠오른다. "자네 아버지는 두려워하는 게 별로 없었어. 정말로 그는 두려운 게 하나도 없는 것 같았지."

어쨌든 죽음을 두려워하지는 않았다. 그는 환자들, 특히 노파들의 죽음을 드물지 않게 목격했기 때문이다. 양로원 커튼 너머로 밖을 지켜보며 이제나저제나 그가 오기만을 손꼽아 기다리고, 그가 옆에 있다는 사실만으로 마음을 놓으면서, 힘을 북돋워주는 부드럽고 다정한 그의 목소리에 감성과 의욕이 되살아나고 발걸음도 가벼웠던 젊은 처녀 시절의 추억이 떠올라 몇 걸음이라도 뗄 힘이 날 거라고 확신하던 그 환자들의 죽음을.

당신은 그들에게 미소를 지어주었습니다. 어떤 사람은 예약도 하지 않고 양로원 입구 의자에 앉아 당신을 기다리고 있었지요. 그 노파는 당신을 애타게 기다리고 있었습니다. 당신이 한마디라도 말을 걸어주면 나중에 천사를 만났을 때 '난 신을 봤어'라고 말할 생각으로. 당신은 신을 믿지 않았지요. 그럼에도 당신은 그녀의 신이었습니다. 알츠하이머병에 걸린 한 작은 노파를 방문했을 때의 이야기를 들려주며 웃던 당신의 웃음소리가 아직도 내 귀에 선합니다. 그 노파는 당신의 앞니가 빠진 걸 보고는 이렇게 당신을 안심시켰다지요. "걱정할 필요 없어, 곧 다시 날 테니까!" 이가 빠진 자리의 검은 구멍을 드러내며 환하게 웃던 당신의 그 미소.

편지를 열어보는 우리에게 일어나야 할 일이 일어난 거라고, 스스로 선택한 일이며 오래전부터 이런 결말이 내정되어 있던 거라고, 슬퍼하지 마라, 슬퍼하지들 마, 라고 말하는 이 종이. 자라는 것도 늙는 것도 결코 원하지 않던, 그리고 자유인으로서의 마지막 행동—그게 그가 자유인으로서 한 최초의 행동이 아니기를—을 한 늙은 아이의 서명이 있는 이 종이. 이십 그램도 채 나가지 않는 이 편지지의 무게에 더이상 가슴이 짓눌리지 않게 되었을 때 아버지의 머릿속은 어떤 생각으로 가득차 있었을까.

　이틀 전 그의 누이 준은 그와 통화를 했다. 그의 목소리는 밝고 유쾌했으며, 브니즈 베르트까지 자전거로 달리고 오니의 길과 들판을 따라 숲속을 끝도 없이 힘차게 걷는 등, 격한 운동을 다시 시작한 뒤부터 몸이 서른 살로 되돌아간 듯한 기분을 느낀다고 했단다. 그는 몇 해 전에 시력을 거의 상실한 새끼 노루를 자기 집 울타리 안으로 데려와 정성껏 치료해준 적이 있다. 그는 그곳에서 그 새끼 노루를 다시 보았을까? 그의 간호를 받고 원기를 되찾아 어느 날 놀랄 만한 힘으로 자리를 박차고 일어나 울타리를 뛰어넘어 근처 숲속으로 달아난 그 노루를. 그는 이따금 그 노루가 아름답고 건강한 모습으로 집 근처를 어슬렁거리거나 어느 집 담장을 돌아 사라지는 것을 보는 것 같았다. 그는 마치 그 노루가 자기 자식이라도 되는 것처럼 뿌듯하고 대견한 마음을 애써 감추며 그 이야기를 하곤 했다……

　그런데 마지막 몇 달 동안 심장에 무리를 줘 자연사라도 하고 싶은 것처럼 운동에 광적으로 빠져들었던 이유는 무엇일까? 운동에 대한 그런 광기는 어떤 갑작스러운 공허, 지쳐 쓰러질 만큼 끝없이 달리던 그의 발치에 입을 벌린 어떤 심연에 대한 반응이었을까? 그것은 오랫동안 미루다 나이와 체력이 한계에 다다라 어쩔 수 없이 받아들인 은퇴에 대한 반응이었을까? 동판에 도금을 한 그의 명패—튀니지에서 훔친 장방형의 태양 같은—는 보르도의 프레데리크 방테유 거리 시절 이래로 라 로셸의 바조주 거리에 이어 여기, 페리에르의 크루아 드 파유 거리까지 줄곧 그를 따라다녔다. 크루아 드 파유, 지푸라기 십자가. 무신론자인 그가 구세주와 같은 손을 지니고 있었다니, 참으로 아이러니한 일이다.

나는 그 낱말들을 발음해봅니다. 십자가와 지푸라기, 무거움과 가벼움. 결국 승리한 것은 무거움입니다. 마사지사, 물리치료사 미셸 포토리노라고 새겨진 그 명패가 그렇게 힘이 센 당신의 양팔로 지탱하기에도 너무 무거워졌기 때문에 그걸 떼어내야만 했던 그날. 당신은 자신이 망가져 이제 쓸모없는 인간이 되어버렸다고 느꼈던 거지요. 암탉 한 마리나 달걀 한 꾸러미, 치즈 한 조각 또는 함께 나누는 대화로 노동의 대가를 지불받았던 당신. 당신은 분명히 그것, 그들과 함께 나누는 대화를 위해 기꺼이 당신의 시간과 능력을 제공했을 겁니다. 내내 마음을 안심시켜주는 그 대화는 그들의 관절염, 관절 강직, 이미 진행중인 노화에서 벗어난 삶의 단편을 당신에게 선사해주었지요. 당신 눈에는 그들이 아직 젊고 아름다웠으리라는 것을 나는 압니다. 당신이 절대로 서두르는 법 없이 언제나 느긋하게 그들에게 시간을 할 애하는 만큼 그들도 당신에게 호감을 갖고 있었습니다. 당신은 부엌이나 식당 의자에 그대로 앉아 그들의 말에 귀를 기울였지 요. 그리고 뒤통수를 가볍게 긁적이곤 했습니다. 총알이 뚫고 지 나간 바로 그 자리를. 당신은 반쯤 눈을 감고, 일종의 아늑함을 느끼면서, 우정의 따뜻한 열기 속에서, 김이 피어오르는 커피와 네모난 초콜릿 한 조각, 어쩌면 단것을 좋아하는 당신의 입맛과 튀니지에 대한 당신의 향수를 잘 알고 있는 사람들이 내놓은 마 크루드*를 앞에 놓고 그곳에 앉아 있었겠지요. 우정, 우애, 당신 은 멀리서도 그들을 알아보았습니다. 당신은 관상가였다고도 할 수 있습니다. 고통받는 인간이냐 행복한 인간이냐의 문제에 관 해서만큼은. 나는 기억합니다. 어느 날, 고집불통에다가 잔인하 기까지 했던 어린 나는 행동이 어눌한 한 아이를 놀려대고 있었 지요. 그때 당신은 내가 당신의 얼굴에서 한 번도 본 적 없는 어 두운 표정을 지으며 이렇게 말했습니다. "다른 사람의 불행을 가 지고 놀리면 안 된다." 내가 열 살이었던 그때 당신이 했던 그 말 을 지금도 기억합니다. 그 말은 마치 당신이 떼어낸 그 명패처럼

---

* 북아프리카에서 주로 먹는 단 과자.

내 기억 속에 붙박여 있습니다. 한 친구가 자전거를 타고 당신의 집 앞을 지나가다 명패가 사라지고 없다는 걸 나에게 알려주었지요. "자네 부친의 명패가 안 보이더군." 그는 슬픈 얼굴로 말했습니다. 당신은 그것에 대해 나에게 한마디도 하지 않았지요.

당신이 조상으로부터 물려받은 성이 자랑스럽게 반짝이던 그 명패의 굵은 나사못을 이미 몇 달 전에 뽑아버렸다는 것을 나는 알지 못했습니다. 당신은 억세게도 말을 안 듣는 무릎(학교를 거의 다니지 않은 당신의 환자들은 '무르팍'이라고 했지요), 구멍이 숭숭 뚫린 대퇴골, 산산조각이 난 정강이뼈, 잘게 부서지는 것처럼 아픈 골반, 살로 파고드는 발톱 등으로 인해 몸을 움직이지 못하는 사람들을 마치 시골 신부처럼 찾아다니던 시골의 물리치료사였습니다. 당신은 어떤 환자든 전혀 주저하지 않고 탈이 난 부위를 한없는 이해와 애정으로 훌륭하게 치료해주었지요. 노인들의 굳은살과 티눈을 제거하려 메스를 들 때면 당신은 늘 농담을 곁들이곤 했습니다. 고개도 코도 눈도 돌리지 않았습니다. 그들의 발아래 꿇어 엎드린 채 그들의 고통을 함께 참아냈지요. 당신은 아무렇지도 않은 듯 행동했지만 그 고통은 곧 당신의 고통이었습니다. 그게 아니면, 그들이 행복해야만 당신도 행복할 수 있었다고 해야 할까요. 물리치료사라는 것은 한없이 베

푸는 직업이었지요. 하지만 당신은 성자가 아니었기 때문에, 사람들이 당신에게 후광을 갖다붙인다면 당신은 아마도 정색을 하고 꾸짖었을 것입니다. 누군가가 조금이라도 순박하다 싶으면 당신은 그를 사랑했습니다. 건방이 하늘을 찌르지만 않으면—이건 당신이 즐겨 쓰는 표현이었지요—조금이라도 친절하기만 하면 당신은 그 사람을 사랑했습니다. 그런데 사람들은 당신이 늘 한가해서 언제든지 시간을 내어주는 거라고 생각했지요. 당신은 언제나 농담을 잊지 않고 그들에게 삶의 기쁨을 나누어주었습니다. 그러니 당신이 자살을 생각하고 있으리라고는 그 누구도 짐작하기 어려웠을 것입니다. 그들이 내게 말하기를, 당신이 다른 사람들을 염려하는 동안 정작 당신이 어떻게 살고 있는지에 관해서는 아주 오래전부터 누구 한 사람 알려고 하지 않았으며, 사람들의 무관심을 아마도 당신은 오히려 다행스럽게 여겼을 거라고 하더군요. 당신이라는 존재는 대화의 주제가 아니었습니다. 당신은 미소나 가벼운 어깻짓으로 그런 대화를 교묘히 비켜갔고, 혹시 성가신 사람이 너무 가까이 다가와 당신에 대해 궁금해하면 시선을 외면하거나 대화의 주제를 다른 쪽으로 돌렸습니다. 당신에겐 노련하게 상대의 공격을 피하는 기술이 있었습니다. 당신은 보르도 축구팀의 멋진 시합(또는 별로인 시합), 들판에 나타난 멧도요와 우거진 덤불숲을 구불구불 달리면서 그 새의 냄새를 맡는 당신의 사냥개에 관한 이야기를 꺼내곤 했습니다. 사람들은 말했지요. 타인의 접근을 막고 안으로 들어오지 못하게 하기 위해 당신의 속눈썹이 꼭 셔터처럼 그 검은 눈길 위로 떨어져내린다고. 당신은 그렇게 사람들과 거리를 두고 살았습니다.

당신의 명패가 어떻게 되었는지 궁금합니다. 기적 같은 입양을 통해 막 재교육을 시작한 어린아이였던 내가 읽고 또 읽었던 그 명패. 나는 내 이름을 확실히 알기 위해 그걸 외울 정도로 읽었습니다. 두 개의 t, 그리고 마치 자전거 바퀴 두 개와 예비용 바퀴 하나 같은 세 개의 o. 그 성, 나는 그 성을 알게 된 순간부터 그 성을 듣고 말하고 읽고 쓰는 것을 좋아하게 되었습니다.

마지막 날, 마지막 몇 시간 동안 당신은 무엇을 했습니까?

일주일 전 나는 라 로셸 근처 에스낭드에 있는 우리집에서 그를 만났다. 어깨가 부딪힐 정도로 좁은 골목길이 이리저리 뒤얽힌 곳에 자리한 그 집을 그는 몹시 좋아했다. 그 집을 보고 그는 그가 자란 수스*의 옛 시가지를 떠올렸다. 그때 만난 그는 아주 건강해 보였다. 말랐다 싶을 정도로 군살이라고는 찾아볼 수 없는 날씬한 몸, 장거리 육상선수처럼 야윈 얼굴, 섬세한 이목구비, 칠순이 넘은 나이에도 젊은이처럼 멋지고 눈부시기까지 한 복근이 잡힌 배, 관자놀이께만 겨우 희끗해진 새까만 머리카락, 검고 빛나는 눈, 그리고 미소. 그런데 곰곰이 생각해보면 그건 어쩌면 조금은 억지로 꾸민 미소였으리라. 아마도 바로 그날 저녁, 봄의 부드러운 공기 속에서, 여름을 준비하는 그 계절에 그는 이미 결정을 내렸던 게 틀림없다. 그는 알고 있었다. 인간이 자신의 운명을 결정할 때 진정한 자유를 누리듯 그는 자신이 자유롭다고 느끼고 있었다.

나는 기억한다. 그 이튿날 마을을 산책할 때 네 살 난 딸아이 조에가 아장거리며 우리를 묘지로 이끌었던 것을. 무덤들 사이로 걷고 있을 때, 휴대폰이 울렸다. 전화를 건 사람은 에드가 모랭**이었다. 그는 비탄에 잠긴 목소리로, 어제 자기 아내 에드위주가 죽었는데 내일 자 〈르몽드〉에 부고를 실을 수 있겠느냐고 물었다. 나는 내 아버지의 그림자가 아직 드리우지 않은 그 무덤들 한가운데에서 최선을 다해 그를 위로하려 했다. 나는 왠지 모를

---

* 튀니지의 도시.
** 프랑스의 철학자이자 사회학자.

불안을 느끼며 그 묘지에서 나왔다. 그건 예감이라기보다는 자기 아내의 죽음을 슬퍼하는 늙은 남자의 메마른 목소리 외에는 아무 뚜렷한 원인도 없이 밀려오는 막막한 슬픔이었다.

　나는 라 로셸로 돌아왔다. 아버지와 나는 그 이후로 한마디 대화도 나누지 않았다. 그는 내 휴대전화 음성사서함에 우리가 파리에 무사히 도착했는지 확인하는 의례적인 메시지를 남겼다. 나는 아버지에게 메시지를 받았다는 전화조차 해주지 못했다. 시간이 없었다. 파리의 시간대는 그곳과 달랐다. 나는 일에 완전히 얽매여 있었고, 아버지도 더는 연락하지 않았다. 그는 내가 전화를 걸어주기를 바랐을까? 그의 손목시계에서는 이미 또다른 시간이 달려가고 있었다. 아직은 통증을 일으키지 않는, 작은 비수 같은 초침들이. 그는 자살했고, 나는 아무것도 느끼지 못했다. 전율도. 허기도. 아무것도. 어느 날 저녁 브누아트 그루*가 들려준 폴 기마르**의 말이 생각난다. 『삶의 문제들』의 저자이기도 한 그에게 누군가가 이렇게 물었다. 앞으로 살 수 있는 시간이 딱 십오 분 남았다는 걸 안다면 뭘 하겠습니까? 기마르는 이렇게

* 프랑스의 기자, 편집자, 작가.
** 프랑스의 저널리스트이자 작가. 브누아트 그루의 네번째 남편이다.

28

대답했다고 한다. 손목시계를 풀어 멀리 던져버리겠소. 아버지는 오래전에 자신의 손목시계를 멀리 던져버렸다. 그는 더는 남은 시간을 계산하지 않았다. 그는 모래시계를 박살내버렸다.

3

영안실은 가혹한 장소입니다. 입구의 색을 입힌 유리문에는
이런 글이 쓰여 있군요. '햇빛은 우리의 적입니다. 꼭 문을 닫아
주시면 감사하겠습니다.' 알고 있었습니까, 아버지. 햇빛을 그토
록 사랑했던 당신, 짙게 그을린 피부에 당당하게 햇빛을 받아들
이던 당신, 그런 당신이 마지막 체류지로 선택한 장소 안으로는
햇빛이 들어와선 안 된다는 것을 알고 있었습니까? 예, 당신은
알고 있었습니다. 몇 달 전, 여름이 끝나갈 무렵 당신은 당신의
가장 친한 친구인 키다리 리불로를 바로 이곳에서 떠나보냈으니
까요. 사람들은 그를 아르쉬불로* 또는 리불댕그**라 불렀지요.

---

* '지나치게 키가 큰 자작나무'라는 뜻.

슬픔이 끼어들 자리가 없게 만드는 재담꾼이자 활강의 명수(자전거보다는 술집에서)라는 뜻으로요. 그는 당신의 테니스 파트너였고 시시껄렁한 농담을 주고받는 친구였으며 정다운 벗이었습니다. 그는 말하고 당신은 들었습니다. 당신은 그를 마사지해주고, 은은한 아몬드기름 향기와 뒤얽힌 말없는 신뢰 속에서 그의 어깨, 등, 다리, 마음에 어린 고통을 덜어주었습니다. 그는 분명히 당신의 침묵을 좋아했을 것이고 거기서 많은 힘을 얻었겠지요. 사실 그의 장례식 날, 당신은 그를 알아보지 못했습니다. "더이상 그 친구가 아니었어." 나는 당신의 말을 기억합니다. 당신 말에 따르면, 백팔십 센티미터가 넘었던 그가 죽음의 침상에서 작게 오그라든데다 찢어진 상처 같은 감은 두 눈 때문에 마치 늙은 중국인처럼 보였다지요. 리볼로, 그러니까 리볼댕그는 자기 장례식에 참석하지 않았어, 그는 다른 곳으로 달아났어, 그러니 그 껍데기는 그 친구가 아니야, 당신은 그렇게 되뇌면서 슬픔에서 어렵지 않게 벗어났지요.

난 서류를 찾기 위해 당신의 낡은 자동차에 들어가 안을 샅샅이 뒤져야 했습니다. 그건 참기 힘든 시련이었지만, 소매를 걷어

** '술을 마시며 시끌벅적하게 떠드는 사람'이라는 뜻.

은밀하게 나를 사랑한 남자 31

붙이고 나서서 오른쪽 앞좌석에 당신의 피를 빨아들인 흰 휴지 뭉치를 피해 글로브박스에서부터 트렁크까지 결연한 태도로 수색하는 막내 장을 보고 프랑수아와 나도 용기를 내 그 작업에 동참했습니다. 뭐라 형언할 수 없는 그 난장판 속에서 우리는 카드 하나를 발견했습니다. 거기에는 당신의 오랜 친구 장 리불로의 장례식 날짜와 시간이 적혀 있었지요. 마치 약속이라도 한 듯, 마침 내 주머니 속에도 그것과 똑같이 생긴 카드가 들어 있었습니다. 물론 그 카드엔 그 고인의 이름이 아니라 당신의 이름이 적혀 있었지요. 그걸 생각하자 나는 왠지 이 상황이 기이하게 느껴졌습니다. 당신은 그 고인의 뒤를 잇기 위해 스스로 목숨을 끊은 거라는 생각이 들었던 거지요.

참담한 심정으로 당신의 낡은 자동차를 수색하기 얼마 전에, 어떤 여자가 당신의 이름이 적힌 그 하얀 카드를 매우 정중히 우리에게 건네주었습니다. 당신은 죽었습니다. 그리고 당신의 뜻에 따라 당신은 한줌의 재가 될 것입니다. 그 여자는 아주 조심스럽게 우리에게 물었습니다. 화장火葬하는 걸 지켜보겠느냐고. 그건 하나의 어휘, 죽음의 전문가들이 사용하는 어휘입니다. '화장.' 나는 불길이 나무관을 뚫고 들어가 돌처럼 굳은 당신의 뼈를 녹이는 장면을 머릿속에 그려보았습니다. 그래서 동생들과 나는 싫다고 대답했습니다. 그녀는 그걸 지켜보는 건 상당히 힘든 일이라며 우리의 선택을 존중해주었고요. 그녀는 분명하게 밝혔습니다. "그럼, 장례식이 끝나면 제가 포토리노 씨를 모셔가겠습니다." 그 말은 내 머릿속에서 또다른 생각으로 이어졌습니다. 아름다운 미소로 상대방을 안심시키는 그 여자는 그러니까 이승에서 당신의 마지막 동반자일 것입니다. 그처럼 담백하고 관대한 여인과 함께 인생의 여정을 마무리한 것을 당신은 마음에 들어했을 거라는 생각이 들더군요.

하지만 그전에, 영안실과 그 어색한 침묵의 행렬, 그리고 조심스러운 물음이 있었다. "아버님을 보시겠습니까?" 우리 세 사람 모두 아버지의 얼굴을 눈앞에 마주하게 된다는 생각에 소리내어 말은 하지 않았지만 서로를 겁에 질린 표정으로 쳐다보았다. 아무리 그래도 십이 구경 총알이 아버지의 얼굴을 뚫고 지나가지 않았던가…… 남자는 우리를 격려했다. 그랬다. 그자는 준비를 해두었다. 그는 우리에게 아버지를 소개할 수 있었다. 우리에게 아버지를 소개하다니? 나는 몸이 떨렸다. 낯모르는 사람이 우리에게 우리 아버지를 소개하는, 햇빛도 들어오지 않는 이곳은 도대체 어떤 세상이란 말인가? 나는 그 낯선 이에게 말하고 싶었다. 우리는 그를 알고 있다고, 당신에게 그를 소개할 사람은 바로 우리라고. 하지만 나는 이내 고쳐 생각했다. 내가 알고 있는 건 살아 있는 아버지였다. 나는 그를 한 번도 본 적이 없었다…… 죽은 그를.

그의 통굽 구두가 바닥에 놓여 있었다. 그는 신발을 벗고 편안하게 죽었다. 그의 구두는 이 모든 건 그리 심각한 게 아니라고, 삶은 원래 죽음이 되는 거라고 말하는 듯했다. 그는 이미 딱딱해진 몸으로 누워 있다. 쓰다듬는 내 손길 아래 한없이 가벼운 머리카락. 그는 망가지지 않았다. 불그스름한 자국 하나가 마치 연극 분장처럼 입술을 부각시키고 있을 뿐. 그는 골짜기에서 잠자는 사람. 그 무엇도 그의 콧구멍을 간지럽히지 못한다.* 그는 젊지 않다. 그렇다고 늙지도 않았다. 그는 조용히 목숨을 끊었다. 그는 고통을 겪지 않았다. 그가 아무것도 느끼지 못했다고 생각하자. 귀청이 터질 듯한 폭발음, 목덜미나 뇌 상태가 어떨지는 생각하지 말자. 평온하기만 한 통굽 구두를 바라보자. 그가 곧 일어날 것 같다고, 꼭 낮잠을 자고 있는 것 같다고 말한 건 프랑수아였던가 장이었던가. 그는 낮잠을 아주 좋아했다. 무더운 여름날이 아니더라도. 낮잠은 그를 유년 시절의 튀니지로 데려가

---

* 랭보의 시 「골짜기에서 잠자는 사람」 중 한 구절.

주었다. 선선해졌을 때 스파이크를 신고 수스의 파트리오트 축구팀 친구들과 함께 축구를 하러 가기 전까지 불타는 오후의 그 나른한 마비 상태로. 풀백, 수비수, 그가 지키고 있는 마지막 수비 라인은 그 누구도 뚫지 못했다. 그런데 이번에 그는 자살골을 넣었다.

그는 거기, 내 눈 아래 누워 있다. 하지만 그는 살아 있지 않다. 만일 그가 살아 있다면 그의 심장이 뛸 것이고 그의 숨결이 폐를 부풀릴 것이다. 만일 그가 잠을 자고 있는 거라면 그는 잠결에 목을 가다듬을 것이고, 그러면 그의 숨결은 다시 정상으로 돌아올 것이며, 싸움을 좋아하던 젊은 시절 주먹에 맞아 휜 콧속으로 공기가 밀려들어오며 휘파람을 부는 듯한 소리가 날 것이다. 그 방의 침묵 속에는 삶의 숨결이 없다. 우리의 부서진 숨결들. 좀처럼 실감이 나지 않는다. 하지만 이건 사실이다. 그는 이제 향기를 맡지도, 생각을 품지도 못한다. 그는 이제 우리의 얼굴, 우리의 목소리를 기억하지 못한다. 감긴 눈꺼풀 아래로 이제 아무것도 움직거리지 않는다.

내가 제일 마지막으로 나온다. 햇빛 아래 서로 꼭 껴안고 있는 동생들, 울고 있는 두 젊은이. 어린 시절 그들의 모습이 떠오른다. 그들은 어찌할 바를 모르는 어린아이처럼 묻는다. "왜?" 나는 그 물음의 대답을 모른다. 번쩍이는 빛, 평소와 같은 하늘, 평소와 같은 도시 라 로셸이었다. 부모님이 우리를 놔두고 장을 보러 간 동안 차 안에서 동생들을 지키고 있으면서, 시끄럽게 떠들어대는 두 녀석을 내 옆에 붙잡아두고 있는 한 나는 버림받지 않을 거라고 생각했다. 가무잡잡한 갈색 피부에 축구공을 자유자재로 다루는, 아버지를 빼닮은 프랑수아. 엄마처럼 주근깨가 있고 아버지처럼 활짝 짓는 미소, 좌중을 휘어잡는 유머 감각의 소유자이자 몽상가인 금발머리 장. 그들과 그는 누구라도 한눈에 알아차릴 수 있는 몇몇 면모와 번갯불처럼 순간적으로 드러나곤 하는 습관들이 서로 닮았다. 표정, 말투, 눈썹을 활처럼 휘게 하고 눈가에 주름이 잡히게 하는 독특한 표정, 침착한 태도. 진부한 두세 단어로 말하는 화법, 웃음을 터뜨리는 방식. 제2의 천성, 그건 그들의 얼굴에 새겨져 몇 초 동안 그대로 있다가 점차 희미해지고 그러다가 돌연히 다시 나타난다. 아버지는 그들의 신경 섬유 하나하나에 살아 있다. 그들은 그가 움직이는 것을 느낄 게 틀림없다. 그러므로 이제 그들이 자신들의 몸속에 그를 간직하고 있다고 할 수 있다. 처음으로 우리가 같은 성으로 불린 날을 기억한다. 나의 성에도 그들처럼 두 개의 t와 세 개의 o가 들어가 있었다. 그리고 그건 평생토록 지속될 터였다. 혼란에 빠진 아름다운 엄마와 함께 그 새로운 성을 얻은 그때 나는 비로소 정상적인 존재가 된 것 같았다.

거의 사십 년에 가까운 세월을 차례로 떠올렸다. 현기증이 난다. 나는 그다지 자신 없는 걸음걸이로 동생들에게 다가갔다. 그들의 헐떡이는 가슴, 눈물, 사포처럼 꺼끌꺼끌한 뺨이 느껴진다. 우리는 서로 비비대고 달라붙고 서로에게 기댄다. 서로 얽힌 사람들. 마치 멋진 골을 넣은 후 골 세리머니를 하는 축구선수들처럼. 하지만 그건 셋으로 나뉜 불행이다. 겉모습을 믿어서는 안 된다. 마치 죽은 자들과 함께 있으면서 그들이 살아 있다고 믿는 것처럼, 여권 대신 통굽 구두 한 켤레. 아버지는 미셸*이라고 불렸다. 나는 그를 나사로**라고 부르고 싶었다.

---

* '미셸'은 천사장 미카엘의 프랑스식 이름이다.
** 신약성서에 나오는 인물로 죽은 지 나흘이 지난 그를 예수가 회생시킨다.

4

존재être냐 소유avoir냐.

그건 아주 간단한 문제다.

하지만 어떻게 표현해야 좋을까?

존재한다, 더이상 존재하지 않는다. 아버지는 죽었다, 아버지는 더이상 없다, 그는 이제 존재하지 않는다, 아버지는 스스로 목숨을 끊었다, 아버지는 자살했다, 아버지는 자기 자신을 살해했다, 아버지는 자신에게 죽음을 부여했다, 아버지는 하늘나라에 있다(이건 어린아이들도 믿지 않는다), 아버지는 조용히 숨을 거두었다(하지만 엽총 자살에 과연 어울리는 표현일까?).

아버지는 생을 마감했다, 아버지는 자신의 고통을 단축시켰다(그런데 그는 무엇 때문에, 또는 누구 때문에 고통을 겪고 있었을까?), 아버지는 자신의 상처에 굴복했다, 아버지는 죽었다, 아버지는 사라졌다, 비록 그가 지금 우리 눈앞에 있음에도 불구하고.

아직 소유하고 있다, 혹은 더이상 소유하고 있지 않다. 나는 이제 아버지를 소유하고 있지 않다, 나에게는 더이상 아버지가 없다, 나는 아버지를 잃었다(1969년, 나는 에릭 샤브리에서 에릭 포토리노가 됨으로써 한 명의 아버지를 얻었다).

죽음 안에서 être와 avoir가 서로 어우러진다. avoir été, 존재했다. 내 아버지는 존재했다. 시제는 과거다, 그리고 그는 빠르게 과거가 되었다. 존재하는 것과 소유하는 것, 더이상 존재하지 않는 것, 더이상 소유하지 않는 것. 감지할 수 없으면서도 아주 고통스러운 변화. 내 아버지는 존재하고, 살고, 숨을 쉰다, 내 아버지는 존재했었다. 그가 여전히 이곳에 있음에도 이 '존재했었다'에 익숙해지는 것. 존재했었다était. 반半과거라는 이름이 이토록 잘 어울린 적이 없었다. 그 과거는 불완전하다.* 그것은 이제

---

* 반과거(imparfait)라는 단어는 '불완전한'이라는 뜻의 형용사이기도 하다.

는 존재하지 않는다는 것을, 그리고 앞으로도 존재하지 않을 것임을 강조한다. 아버지에 대해 현재 시제로 말하는 건 이제 불가능하다. 그리 오래되지도 않았는데, 어제까지만 해도, 방금 전까지도, '일이 생겼어……'라는 전화가 걸려오기 전까지만 해도 그렇지 않았는데. 한 명의 아버지와 과거가 되어버린 아버지, 지금은 오직 과거뿐이다. 당신 아버지는 무엇을 하는가, 당신 아버지는 어디에 살고 있는가? 그는 더이상 행동하지 않는다, 그는 행동했었다. 그는 더이상 존재하지 않는다, 그는 존재했지만 이제는 살아 있지 않다. 그는 한 명의 인간이었지만 이제는 한줌 재일 뿐이다. 사이클선수 시절 나의 근육을 풀어주던 그의 두 손, 아직 나를 만져주는 듯한 그의 두 손은? 과거. 내 귀에 아직도 들려오는 그의 목소리, 유쾌한 억양, 표정과 몸짓은? 과거. 뜨거운 커피를 마실 때 후후 부는 소리, 그의 주름진 눈은? 과거, 과거. 타일 위에 딸각거리는 그의 통굽 구두 소리는? 과거, 과거, 과거.

5

내 아내 나탈리와 나는 동생들과 함께 라 로셸 외곽의 어느 폐차장으로 갔다. 차 문제를 해결해야 했다. 아버지의 차는 철망 너머 뜨거운 햇살이 내리쬐는 드넓은 주차장 안의 잔해 가운데 세워져 있었다. 그 차를 제일 먼저 알아본 건 장이었다. 낡고 추레한 BX, 마치 아버지가 키우던, 늑대같이 생긴 개 지코가 죽어가던 때처럼 뒤 범퍼가 바닥에 끌릴 정도로 주저앉아 있었다. 안내실에 있던 여자가 수속 절차를 알려주었다. 우리는 그 차를 회수할 생각이 없었다. 그 여자에게 자동차 등록증만 반납하면 일은 그것으로 끝이었다. 그래서 우리는 차 쪽으로 느릿느릿, 거의 뒷걸음치다시피 걸어갔다. 오직 용감한 장 혼자만 진짜 아들처럼 단호하게 다가갔다. 아침에 영안실에서 그곳 책임자가 아버지를 보고 싶은지 물었을 때처럼 이번에도 그가 앞장서 걸어갔다. 동생들과 나는 아버지의 마지막 거처였던 BX까지 한없이 이어지는 긴 거리를 걸어가는 동안 같은 생각을 하고 있었을까? 우리는 그 여자에게 차를 세차했는지 물었다. 그녀는 아니라고 대답했다. 우리는 서로의 얼굴을 쳐다보았다. 프랑수아와 장의 눈길 속에, 그리고 분명히 내 눈길 속에도 약간의 공포, 약간 주저하는 마음이 서려 있었다. 차 안에 아버지의 핏자국이 있을 거라는 두려움.

누가 차문을 열었을까, 그리고 어느 쪽 문을? 그런 것들은 이미 기억에서 지워지고 있다. 장이 아버지의 자동차 등록증을 찾으려고 운전석 차양을 살펴보고 나서 말도 못하게 어질러진 뒷좌석의 난장판 속을 뒤적거리던 모습이 떠오른다. 비닐 코팅된 커다란 파란색 장바구니 밑바닥에 종이, 낡은 잡지, 세 자루의 칼―"각자 한 자루씩 가지면 되겠다." 프랑수아가 침묵을 깨뜨리며 말했다―동전, 옛날 화폐인 프랑 몇 푼, 이십 유로짜리 지폐 한 장, 껍질이 벗겨지고 옹이가 많은 기다란 나무 막대기가 있다. 느릅나무인지 물푸레나무인지 모르겠지만 뱀처럼 매끈하고 맨 위쪽에 구멍을 뚫어 가는 가죽끈을 끼운 나무 막대기. 아버지는 들판을 가로질러 오랫동안 걸어다닐 때면 그 막대기를 사용했다. 나는 영원이라고 할 만큼 아주 먼 옛날부터 그걸 보지 못했다. 그런데 지금은 정말로 영원에 대해 말해야 하는 순간이다.

나는 당신 친구 장의 부고장을 손가락으로 집어듭니다. 그런데 이번에는, 이번에는 당신 차례군요. 지금 나는 당신의 이름이 적힌 하얀 카드를 갖고 있으니까요.

나는 운전석 옆자리로 가서 그 빌어먹을 자동차 등록증을 찾으려고 글로브박스를 열었다. 바로 그 순간 아버지가 거기서 목숨을 끊었다는 사실을 알아차렸다. 나는 뒤로 젖혀진 좌석, 그리고 시트 위에 거의 끝까지 풀린 두루마리 휴지를 보았다. 그걸 대충 집어 다른 데로 옮기려던 순간, 흥건하게 젖은 휴지의 무게를 느꼈다. 나는 마치 전기 충격이라도 받은 것처럼 즉시 그걸 놓아버렸다. 우리는 물품 목록을 작성했다. 더는 지체하고 싶지 않았다. 뒤져볼 만큼 뒤져봤으니까. 마침내 우리는 숨을 좀더 편안히 쉴 수 있게 되었다. 하지만 자동차 등록증 없이는 폐차 신고를 할 수가 없었다. 먼저 아버지 집으로 가봐야 했다. 그의 집으로 가는 것. 그것은 또다른 시련이었다. 우리는 이제 그의 집 가까이에 살고 있지 않았으므로.

오래전부터 나는 그의 집에 찾아가지 않았다. 마지막으로 간건 2001년 초봄이었다. 그때 나는 〈미디 리브르〉 지가 주최하는 자전거 경주에 참가하려고 훈련을 하고 있었다. 나이 마흔에 옛날 감각을 되찾기 위해 거센 바람이 불어대는 샤랑트마리팀 지방에서 훈련을 하기로 했다. 소년 시절 달리던 도로. 바닷가의 도로, 방데에서 더 멀리 떨어진, 메르방 댐의 경사진 도로. 비가 자주 내리던 어느 봄날, 백이나 백오십 킬로미터를 비를 흠뻑 맞으며 달리던 고독한 자전거 주행. 어머니와 아버지가 함께 살고 있었고, 동생들과 내가 모두 한지붕 아래 살던 그 시절의 추억이, 그 행복했던 추억이 내 머릿속에서, 내 몸의 리듬과 심장 고동 소리에 박자를 맞춰 되살아났다가 흩어지곤 했다. 기운이 조금이라도 남아 있는 저녁이면 나는 차를 몰고 들판을 가로질러 아버지 집으로 달려갔다. 그는 작은 치료실 안에서 부드러운 아몬드기름병을 선반 위 눈에 잘 띄는 자리에 놓아두고서 나를 기다리고 있었다. 그리고 그 기름으로 손바닥을 적시고는 나를 엎드리게 했다가 다시 돌아눕게 했다. 나는 몸을 돌릴 때면 감았던 눈을 다시 뜨곤 했다. 항상 똑같은 쇠창살, 똑같은 체인 조절 장치와 도르래, 모래를 가득 채운 가죽 자루, 똑같은 작은 아령, 검은 무쇠 아령, 밝은색 나무 아령 들이 시야에 들어왔다. 메디신 볼, 스펀지 매트리스. 아버지는 최신식 물리치료법을 추종하지 않았다. 욕조도 초음파 물리치료기도 없었다. 오로지 그의 두 손뿐. 그리고 그는 절대로 두 명의 환자를 동시에 받는 법이 없이 언제나 한 번에 한 사람만 받았다. 그즈음 저녁마다 그가 받는 환자는 바로 나였다. 딱딱하게 굳은 빵처럼 뻣뻣해진 나의 아픈 근육에 그의 힘이 느껴졌다. 그는 두 주먹을 내 발바닥의 오목하게 들어간 부분에 대고 돌렸다. 피가 가슴 쪽으로 역류하고, 독소가 굽이치며 빠져나갔다. 그는 약간 땀을 흘렸고, 입술 위천사의 자국이라 불리는 그 부분에는 땀방울이 대롱대롱 매달려 있었다. 땀이 방울졌다. 소맷자락으로 닦을 때도 있었지만, 그렇지 않을 때는 천장에 매달린 알전구의 흐릿한 불빛 속에서 땀방울이 계속 반짝였다.

폭풍우가 몰아치던 날 저녁, 한창 마사지를 하고 있던 중에 퓨즈가 나가버렸다. 그가 촛불을 켰다. 초의 향기가 습포 냄새와 뒤섞였다. 그의 그림자는 불꽃과 함께 떨면서 벽에 또렷이 드러났다. 오직 그의 부드러운 목소리, 그리고 단단한 두 손만을 느낄 수 있었다. 그럴 때 우리는 추억을 회상하곤 했는데, 특히 이십 년 또는 이십오 년 전부터 알고 있던 사이클선수들을 자주 떠올렸다. 바로 그해에도, 어둑한 치료실의 침묵 속에서 그는 마치 수업 내용을 복습하는 학생처럼 내 다리를 다시 훑었고, 우리는 시간의 흐름을 거슬러올라가고 있었다. 나는 자전거 경주를 통해 우리 두 사람이 이렇게 다시 젊은 시절로 돌아갈 수 있으리라고는 생각도 하지 못했다. 허벅지를 가볍게 두드리던 손동작이 멈추면서 마술이 중단되었다. 치료가 끝났다. 몸이 가벼워진 나는 바닥에 발을 내려놓았다.

오늘 오후, 그는 이제 이곳에 없다. 그리고 우리는 그의 자동차 등록증을 찾고 있다. 분명히 그는 서류를 불태웠을 것이다. 그는 관공서 주소가 겉봉에 적힌 우편물은 절대로 열어보지 않았다. 관공서에서 보내는 우편물에 대한 그의 병적인 공포는 하루아침에 생긴 게 아니었다. 1960년대 중반, 갓 서른을 넘긴 나이에 보르도의 프레데리크 방테유 거리에 처음 물리치료실을 열었을 때부터 이미 그는 그런 우편물을 절대로 열어보지 않았고, 그것들은 차곡차곡 쌓여갔다. 고지서, 신고서, 독촉장, 현금으로 바꾸지 않고 놔뒀다가 유효기간을 넘겨버린 수표…… 그의 그런 반감은 어디에서 비롯된 것일까? 아버지는 조금씩 주변인이 되어갔다. 인간성이 결여된 관례들을 외면하고, 자신의 두 손으로 일을 하고, 그가 최선을 다해 고통을 덜어주는 환자들을 제외하고는 어느 누구에게도 해명하려 하지 않았다. 우리는 부엌 식탁 위에서 그가 바로 이틀 전에 우리에게 보낸 것과 같은 편지지

46

묶음을 찾아냈다. 빈 종이는 한 장도 남아 있지 않았다. 그는 봉투 겉면에 내 주소를 적어놓았다. 티르 거리. 우리는 여기, 텅 빈 집의 침묵 속에서 마지막 편지를 쓰는 그의 모습을 각자 상상해보았다. 그는 축구 시합 결과를 듣기 위해 라디오를 켰을 것이다. 바로 그 순간, 자신과 우리가 함께 지내온 삶에 대해 이미 과거형으로 글을 쓰는 동안 그의 시선 속에는 어떤 느낌이 스쳐지나가고 있었을까? 그는 그 편지를 들고 아주 가볍다고 느끼면서 손가락으로 접었을까? 그 편지가 그의 관만큼이나 무겁게 우리의 손가락을 짓누를 거라는 생각은 하지 못한 채.

우리는 아무것도 건드리지 않았다. 장이 마침내 아버지의 자동차 등록증과 운전면허증이 들어 있는 지갑을 찾아냈다. 우리는 아무 말 없이 아버지의 사진을 보았다. 나는 그가 근사한 타원형 나무 액자에 넣어 영원한 존재로 만들어놓은, 그가 옛날에 키우던 개 방과 타크의 사진을 가져왔다. 그리고 그가 몇 년 전에 니콜과 함께 돌봐주던 새끼 노루의 사진도 가져왔다. 그건 내 어린 딸들을 위한 것이었다. 나탈리와 나는 그 개들과 노루가 그 아이들에게는 할아버지에 대한 아름다운 추억이 되어줄 거라 생각했다.

6

저녁이면 그들은 그곳에 있습니다. 메종라피트 역 출구의 벤치에 앉아. 햇볕을 쬐는 늙은 아랍인들. 때로는 둘, 때로는 세 사람이 나란히, 말없이, 아직 사그라지지 않은 강렬한 햇살에 눈을 반쯤 감고 앉아 있습니다. 그중 한 사람은 아버지를 생각나게 합니다. 그의 평화로운 얼굴, 입술에 걸린 한결같은 미소. 구릿빛 살결과 또렷한 이목구비. 그들은 이제 젊지 않습니다. 그들의 목소리는 한 번도 들어보지 못했습니다. 그들에게 말을 걸어본 적이 없으니까요. 무슨 말을 하겠습니까? 그들이 아버지의 혈족처럼 생겼다고 말할까요? 아주 오래전, 우리는 자전거 경주를 마치고 집으로 돌아오고 있었지요. 유채꽃밭 한가운데로 마치 스크래치가 난 것처럼 꺼칫거리는 좁은 아스팔트 도로 위를 달리는 당신의 노란색 자동차 라다가 배경 속에 녹아들고 있었습니다. 그리고 나는 그 도로들의 작게 팬 부분 하나하나, 자갈 하나하나까지 훤히 꿰고 있었지요. 준 고모와 앙드레 고모부가 집에서 우리를 기다리고 있었습니다. 당신의 누이는 언제나 한결같이 튀니지의 어린 시절과 끈(코르동 블뢰)*을 이어오고 있었습니다. 닭이나 생선 쿠스쿠스, 잠두 수프, 메슈이아 샐러드, 샤크슈카, 마크루드 과자, 박하차 같은 것들을 많이 만들고, 야생 고수나물은 당신이 고양이 오줌 냄새가 난다며 싫어했기 때문에 되도록 피하면서요. 멋진 저녁 식탁이 차려지곤 했지요. 아마도 폴렌타와 커스터드 크림도 있었을 겁니다. 당신은 그 음식들을 떠올리며 진작부터 입맛을 다셨지요. 그런데 목적지에 거의 다다랐을 즈음 우리는 길 한복판에 떡 버티고 선 차와 맞닥뜨렸습니다. 그 차의 운전자는 길 아래쪽에 살고 있는 게 틀림없었습니다. 우리는 몇 분을 기다렸습니다. 당신은 경적을 울리지 않았지요. 그저 손가락으로 머리칼을 쓸어내렸을 뿐. 당신은 그렇게 머리를 만지는 걸 아주 좋아했고, 엄마가 당신의 머리를 손가락으로 빗질해주는 건 훨씬 더 좋아했지요. 그럴 때면 당신은 메종라피트의

---

* '끈(코르동)'이라는 낱말을 '최고의 요리사'를 일컫는 말인 '코르동 블뢰'와 연결시키고 있다.

아랍인들처럼 눈을 감았고, 작게 그르렁거리며 더할 나위 없는 행복감에 젖어들었습니다.

　제법 긴 시간이 흐른 후, 아버지는 마침내 경적을 울렸습니다. 아주 세게 누르지는 않았지요. 단지 우리가 그곳에 있다는 걸 알리기 위해서였으니까. 한 사내가 저 아래쪽 집에서 나오더니 성큼성큼 다가왔습니다. 그의 얼굴이나 체격 같은 건 잊어버렸습니다. 아마도 키가 크고 혈색이 좋았던 것 같습니다. 어쨌든 자동차 창문 틈으로 그가 아버지를 고약한 눈길로 쳐다보면서 이렇게 말했던 건 분명히 기억납니다. "그렇게 급하면 네 나라로 돌아가버려." 당신의 얼굴이 어두워졌지요. 당신은 차에서 단번에 뛰어내렸고, 나는 두 사람이 치고받고 싸울까 겁이 났습니다. 당신은 내 쪽을 한 번 쳐다보고는 내게는 들리지 않는 목소리로 그에게 뭐라고 말을 했습니다. 내가 들을 수 없었던 단어들. 그 사내는 느릿느릿 자기 차 쪽으로 가더니, 한참을 꾸물거리다가 마침내 우리가 빠져나가게 차를 비켜주었습니다. 당신은 다시 출발했습니다. 당신의 얼굴은 광대뼈 부분만 불이 붙은 듯 빨갛게 달아올랐을 뿐 나머지는 아주 창백했습니다. 마치 「팡타지오」*

---

* 알프레드 드 뮈세의 희곡.

에서 말하듯 두 뺨은 5월, 가슴속은 1월인 것처럼. 준 고모의 집에 다다를 때까지 당신은 전혀 입을 열지 않았습니다. 그 사건에 대해, 내가 모욕적으로 느낀 그 폭력에 대해, 당신은 누구에게도 말하지 않았습니다. 그리고 나는 나중에야 그 폭력, 네 나라로 돌아가버리라는 말 속에 담긴 폭력을 정확하게 이해할 수 있었습니다.

이제 당신은 그곳으로 돌아갔겠군요. 당신의 재는 그곳까지 날아갔음이 틀림없습니다. 당신이 당신의 막냇동생 프랑시스—두 분은 무려 십 년 동안이나 만나지 못했지요—의 찬탄과 존경을 받던 그 시절의 수스 쪽 어딘가로. 당신이 알제리로 떠나기 몇 년 전, 갓 열일곱을 넘긴 젊은 육체, 근육 잡힌 구릿빛 상체를 드러낸 채 아무런 근심 걱정 없이 카누를 저어 나아가던 그 시절 그곳으로.

나는 어른이 되어서야 비로소 아버지가 어린 시절 겪은 고통을 이해했다—아버지는 그 시절의 고통스러운 기억을 나에게 내비치지 않으려고 극도로 조심했다. 그의 가족 모두, 그의 부모와 다섯 형제자매는 튀니지 남쪽, 가프사 시에서 살았고, 후에 나의 할아버지 마르셀은 해방 후 그 도시의 시장을 지냈다. 1940년,

독일 주둔군을 쫓아내고 약탈을 막아낸 후 그 도시의 열쇠를 받아든 서른 살의 젊은 시장. 할아버지는 광부들이 작업중에 사고를 당했다는 내용을 증빙하는 서류를 작성하려고 물라레스와 레데예프의 인회석 광산들로 이르는 이백 킬로미터의 비포장도로를 바퀴 바람이 반쯤 빠진 자전거를 타고 주저 없이 달려간 만만치 않은 인물이었다. 아이들이 소란을 피울 때면—모두가 낮잠을 자는 조용한 시간에 사내아이들은 심하게 소란을 피워댔다—할아버지는 바지에서 허리띠를 스르륵 빼 들었다. 맏이였던 아버지가 대표로 매를 맞았다. 가풍에 따라 그는 툭하면 허리띠의 가죽과 차가운 버클 맛을 보아야 했다.

하지만 그들은 그 도시의 입구, 보랏빛 산과 들 아래 시디 아메드 자루*의 커다란 유황 연못까지 가지 않을 때면 그곳에서 영양 사냥을 하거나 오래된 고대 로마 수영장 옆에 비스듬히 가지를 뻗은 대추야자나무 꼭대기에 올라 다이빙을 하면서 행복한 나날을 보냈다. 그들은 그 커다란 유황 연못에서 수면 아래 떠다니는 코르크나무 껍질을 헤치며 헤엄치는 법을 배웠다. 지금 나는 그곳에 있는 아버지를 상상한다. 그는 살아 있으며, 수르트**

---

* 튀니지 남서부 가프사에 위치한 지역.

의 대담한 잠수부들이 오랜 잠영 후에 놀라운 해면동물들을 들고 나오는 케르케나 군도의 파란 바다 속에서 헤엄을 치고 있다.

어느 해, 튀니지 남부에서 일어난 폭동을 두려워한 튀니스 출신 초등학교 교사들은 고향으로 돌아가기를 원했습니다. 그래서 프랑스어가 서투른 아랍 교사들이 그들을 대신하게 되었지요. 우연히 학교에 들른 할아버지는 칠판에 엉터리 문장들이 가득 적혀 있는 것을 보고 벌컥 화가 치밀었지요. 그래서 아들인 당신을 수스의 친할머니 댁으로 보냈습니다. 그곳의 선생들은 프랑스어를 정확하게 쓰고 말할 줄 안다는 명목 아래였습니다. 그 덕분에 당신은 졸지에 부모, 형제자매, 친구들과 헤어지게 되었지요. 당신은 부모님에게서 버림받고 감시가 조금 느슨한 조부모님에게 떠넘겨졌다는 기분을 느꼈습니다. 부모님이 당신을 사랑하지 않는다고 생각하게 된 것이지요. 당신이 그들의 친아들이 아니라고 믿을 정도로. 그렇지 않다면 그들이 당신을 그처럼 형제자매에게서 멀리 떨어진 곳에 내팽개쳤을까요? 나를 당신의 호적에 올릴 때 그 유년 시절의 상처가 당신의 머릿속에 생생히 되살아났을 게 분명합니다. 당신이 나를 아들로 받아들였을 때 내

** 리비아 북부 해안 도시.

나이는 태양이 작열하는 가프사의 낙원에서 쫓겨나 수스로 가게
되었을 적 당신의 나이와 정확히 같았으니까요. 당신은 휴일이
되어야만 겨우 가족을 만날 수 있었습니다. 학교가 쉬는 휴일이
면 그들은 그늘진 곳에서도 기온이 오십 도를 넘나드는 가프사
의 뜨거운 열기를 뒤로하고 바다까지 건너는 긴 여정을 거쳐 수
스로 오곤 했지요. 그러면 삶은 다시 평소와 같아졌습니다. 당신
은 당신의 어머니를 껴안고, 남동생들의 장난감을 함께 가지고
놀고, 여동생들의 장난기 어린 다정함을 다시 맛보고, 한 식탁에
모인 대가족, 재스민과 협죽도 향기 속에서 깔깔대는 웃음소리
를 되찾을 수 있었습니다. 모두가 할아버지의 멋진 딱정벌레 차
(종전 후 '회복기'라고 불리던 축복받은 시기에 독일군에게서 압
류한 차)에 올라타 가프사를 향해 출발하는 날까지. 당신 혼자
그곳에 남아야 했기 때문에 그들은 먹먹한 가슴을 안고 차를 탔
습니다.

돌아갈 순간이 오면, 할아버지는 축구공을 있는 힘껏 차서 멀
리 날려보냈고, 그러면 당신은 그 공을 잡으려고 분별없는 강아
지처럼 쪼르르 달려갔습니다. 당신이 숨을 헐떡이며 되돌아왔
을 때는 차가 이미 출발한 후였지요. 준, 닌, 니콜, 알랭, 프랑시
스, 모두가 자동차 뒷유리창 너머에서 한마디 말도 없이 눈으로

당신을 좇았습니다. 당신은 차에서 뿜어져 나오는 배기가스 속에서 그들을 붙잡으려고 숨이 막히도록 달리며 소리를 질러댔지요. 당신의 눈에서는 눈물이 흘러내렸습니다. 당신은 속도를 내 달리는 딱정벌레 차의 사이드미러 속에서 어느덧 아주 작은 한 점에 지나지 않았습니다.

그 장면을 상상하니 나는 끝없이 가슴이 메었습니다. 나는 내 아버지의 아버지가 되어 사막을 향해 달리는 폴크스바겐의 브레이크를 급히 밟아 차를 세우고 당신이 우리와 함께 탈 수 있도록 차문을 열어주고 싶습니다.

7

너무 많은 생각이 나를 뒤흔든다. 그 모든 생각은 아버지에 관한 것들이다. 나에겐 그의 피가 한 방울도 섞여 있지 않다. 전혀, 하지만 전부. 만약 내가 힘이 좀 세고 인생을 살아가는 데 끈기와 의지력을 제법 가지고 있다면 그건 무엇보다도 어머니 덕이다. 손가락질당하는 수모를 피해 알프마리팀*의 어느 외진 마을의 먼 친척 집으로 쫓겨가 살아야 했던 열일곱 살의 용감한 어머니, 그 산골 마을에서 안락의자 부품을 힘닿는 데까지 만들어 생계를 이어갔던 어린 미혼모. 모로코 출신 유대인 남자의 아이를 임신해 만삭이 된 딸과 인연을 끊으려 했던 할머니. 유대인이

---

* 프랑스 남동부 프로방스에 위치한 행정구역. 주요 도시로는 니스가 있다.

56

라는 이유로 내 아버지가 될 수 없는 고통을 겪어야 했던 그 남자. 하지만 그 남자의 이야기는 여기에 언급할 필요가 없을 것이다. 내가 자신감을 잃지 않고 살아올 수 있었던 건, 월드컵이 개막하기 얼마 전 영웅 펠레와 함께 미셸이 엄마와 나의 인생 안으로 들어온 덕분이었다. 미셸, 일명 미슈, 나의 아버지는 이탈리아 선수 지지 리바를 좋아했고, 캐시어스 클레이, 즉 무하마드 알리, 필라델피아의 로봇 베니 브리스코, 카를로스 몬존 같은 권투선수들도 좋아했다. 그의 말에 따르면 남자를 진정한 사나이로 만들어주는 최고로 힘든 스포츠는 뭐니뭐니해도 권투와 사이클이었다. 미셸은 싸움판에서 얻어맞아 콧대가 휘었다. 프랑스로 돌아와 결국 부친처럼 옛 프랑스 사회당의 가치관을 수긍하게 되기 전까지 그는 프랑스로부터 알제리의 독립을 반대하는 OAS* 주변을 기웃거리고 다녔다. 그것은 그에게 주먹질 전력과 곤돌라처럼 휜 콧대를 남겨주었다. 그는 그걸 자랑하지 않았다. 그런 식이었다. 청소년기에 이르러서야 나는 아버지에게도 우리가 모르는 그만의 인생이 있었다는 것을 깨달았다. 아버지는 밀밭 같은 금발머리가 너울거리는 아름다운 북유럽 여자와 함께 살았고, 그후로 또다른 여자와 결혼했다. 그들에게는 자식이 없

---

* 알제리의 독립을 반대한 비밀단체.

었는데, 그건 다행스러운 일이었다. 나는 내가 그의 첫 아들이 아니라는 걸 견디기 힘들었을 테니까. 비록 그의 피를 이어받은 친아들이 아니라 하더라도.

한때 보르도 학생 축구 클럽에서 수비수로 명성을 떨쳤던 아버지는 나를 그 클럽의 신입 골키퍼로 입단시켰다. 하지만 내가 축구에 소질이 없다는 것을 확인한 그는 주저 없이 나를 자전거 안장에 앉혔다. 포토리노 집안의 자식이 축구장 잔디 위에서 가문의 영광에 먹칠을 하다니, 그건 학교에서 유급당하는 것보다 더 수치스러운 일이었다! 1970년대 중반에 아버지와 나는 샤랑트, 방데, 되세브르, 아키텐, 랑드, 제르, 때로는 브르타뉴와 피레네의 모든 도로를 누비고 다녔다. 앙드레 고모부와 피에르 삼촌, 그리고 우리가 지형의 기복이 심한 샬로스를 향해 남서부 지방에서 더 아래로 내려갈 때는 할아버지도 함께했다. 아버지는 나에게 싸우는 법, 절대로 포기하지 않는 법, 이를 악무는 법, 악천후나 자전거 고장 또는 경사가 심한 구릉이나 바람에 불평하지 않는 법, 때때로 한 구간을 이겼다 해도 자만하지 않는 법과 선두 주자들보다 아주 많이 뒤처져 있어도 좌절하지 않는 법을 가르쳐주었다. 자전거로 그는 나에게 인생을 가르쳐주었다.

어느 해질녘 그는 알제리 출신 프랑스인들이 모여 사는 닥스 외곽의 소나무 마을에 있는 그의 부모님 집에 엄마와 나를 처음 데려갔다. 그의 어머니는 작은 나무의자에 꼿꼿이 앉아 있었다. 그녀의 푸른 시선이 그녀가 직접 만든 토기 램프의 희미한 불빛 아래서 반짝이는 동안, 아버지의 누이들 중 한 명인 닌이 그녀의 긴 머리를 부드럽게 빗질해주고 있었다. 내가 할머니라고 부르게 될 그 여자의 긴 머리칼에서 나던 무딘 빗질 소리가 아직도 귀에 선하다. 그리고 당연히 그녀의 남편은 내 할아버지가 될 것이었다. 벽에는 그녀가 그린 그림들이 걸려 있었다. 곳곳에 놓여 있는 조각상과 흉상 들은 그녀가 매일 새벽 다섯시부터 하루종일 두꺼운 가죽 토시를 손목에 낀 채 희고 단단한 돌을 쪼아 만든 것들이었다. 그녀는 여섯 아이를 빨리 다 키우고 나서 프랑스로 건너와 살롱 데 쟁데팡당*에 자신이 그린 추상화를 전시하고, 거기서 진정한 예술가로 인정받는 날이 오기를 기다렸다고 한다. 그 추상화들 중 한 점은 얼마 지나지 않아 우리집에 당당히 자리잡게 되었다. 붉은색과 노란색으로 가득찬 그림, 마치 불이 붙은 듯한 캔버스. 내 미래의 할아버지는 아주 하얀 치아를 지닌

─────────────

* 독립 미술가 살롱. 프랑스 정부가 주관하는 '살롱 데 자르티스트 프랑세'의 아카데미즘에 반대하여 1884년 설립된 곳으로, 심사나 시상식 없이 참가비만 내면 그림을 전시할 수 있었다.

양처럼 순한 거인이었는데, 그는 자기 아내의 그림만큼이나 새빨간, 올리브유를 가득 머금은 피망을 꿀꺽 삼킬 때마다 이가 딱딱 마주치는 소리를 냈다. 나는 쿠스쿠스, 기다란 호박 튀김, 아버지가 몹시 좋아하는 둥근 카크*, 튀니지 남부의 추억들, 1956년 여름 스타 고개에서 할아버지가 테러에서 기적적으로 목숨을 건진 사건(이것이 프랑스로 망명하게 된 결정적인 동기가 되었다)을 알게 되었다. 미셸은 어느 날 갑자기 그 모든 옛이야기들, 그 많은 가족들을 나와 연결시켜주었다. 그들은 〈로코와 그의 형제들〉**이라는 영화를 몹시 좋아하고 그 영화의 등장인물들이 자신들과 닮았다고 생각해 영화 내용을 줄줄 외웠는데, 나 역시 후일 그 영화를 보고 거기서 그들의 모습을 알아볼 수 있었다. 〈로코와 그의 형제들〉에 등장하는 알랭 들롱을 볼 때면 어김없이 아버지가 떠오른다. 그 온화함, 카누 시절, 수스의 파트리오트와 버펄로 콩쿠르 시절, 그의 젊은 시절 사진들에서 느껴지는 조금은 야성적이면서도 섬세한 그 아름다움. 그리고 아몬드 시럽에 적신 아니스 비스킷, 토죄르의 오아시스에서 하얀 곡선을 그리며 가지를 휘게 만드는 묵직한 대추야자 열매, 굵은 소금을 뿌린 검

---

* 튀니지의 전통 과자.

** 루치노 비스콘티 감독이 1960년에 발표한 영화. 밀라노로 이주한 시칠리아 가족의 삶을 통해 핍박당하는 도시 하층민의 모습을 사실적으로 보여준다.

은 올리브, 엘 게타르*의 초록색 피스타치오 열매의 시절. 할아버지가 대추야자 퓌레, 오렌지 껍질, 계피, 후추, 정향들과 함께 굵은 밀가루로 마크루드 과자를 만들던 시절. 이 단어들을 글로 쓰고, 장미 봉오리 때문에 달콤해진 붉은 마르가 소스, 잘게 자른 석류 알갱이를 뿌린 달콤한 쿠스쿠스, 오렌지꽃 향기를 발산하는 그 모든 요리법을 떠올리고 있노라니 아버지의 이런저런 모습들이 자연스레 떠오른다. 식탁으로 가기 전 즐거워하던 그의 말없는 몸짓들, 따끈따끈한 아랍 빵을 접시에 따라놓은 신선한 올리브유에 찍어 먹던 시절을 회상하는 그, 메슈이아 샐러드, 즙이 많은 토마토, 캐러웨이와 마늘과 레몬으로 맛을 낸 구운 피망 요리—왕의 수라상 앞에서의 그의 갑작스러운 침묵.

마치 식탁을 차리듯 당신이 세상에서 가장 좋아하던 것들의 목록을 작성해보고 싶은 생각이 드는군요. 앞에서 말한 그 모든 것들이 있을 것이고, 거기다 초콜릿, 아카시아꿀, 다량의 설탕, 과일 잼, 우유 일 리터와 달걀 열두 개를 넣어 만든 달걀찜, 당신의 손가락 사이에서 바르르 떨리는 부드러운 크레이프 반죽. 축구 중계가 있는 날 저녁이면 시가처럼 둘둘 말아 텔레비전 앞에

* 튀니지 가프사 남동쪽에 위치한 도시.

열 개씩 열을 지어 놓아두던 크레이프도 빠뜨릴 수 없지요. 그리고 당신이 언제라도 기뻐하며 먹었던 수프. 쐐기풀 수프, 파와 감자가 들어간 수프, 큰 호박 수프, 녹황색 채소라면 뭐든지 넣고 끓여 만든 수프, 수프. 그리고 엄청난 식욕으로 그릇까지 말끔히 핥아 먹은 그 수프에 대해 다음과 같은 아주 간단한 말로 칭찬하곤 했지요. "정말 맛있어, 이 수프, 그치?" 당신은 항상 빠르게, 지나칠 정도로 빠르게 먹었습니다. 그래서 아주 뜨거운 커피가 위장을 통과하기도 전에 당신은 이미 자리에서 일어났지요. 때때로 당신은 몹시 서둘렀고, 누구도 붙잡을 수 없었습니다. 당신은 조용히 손뼉을 치며 말했지요. 자, 이제 그만 가야겠다, 난 가야 해, 가봐야 해. 배부르게 먹은 당신은 그렇게 서둘러 식탁을 떠났습니다.

생의 마지막 날 당신이 뭘 먹었는지 궁금하군요. 어디서 점심을 드셨습니까? 그날은 한 끼만 드셨는지요? 당신이 시작해야 했던 그 여행을 앞두고 식욕을 얼마나 느낄 수 있었는지요? 아이였을 때 나는 당신의 지탄 담뱃갑 안에 남은 담뱃가루를 모았습니다. 담뱃갑 안에 들어 있는 은박지에다 그 가루를 간직했지요. 나는 오랫동안 그 담뱃가루를 보관했습니다. 당신이 가진 담배가 바닥나는 날, 조금씩 모아놓은 그 담뱃가루로 담배 한 개비를 만들 수 있을 거라고 말하면서요. 당신은 미소를 지었고, 그때 나는 열 살이었습니다. 나는 그 보물이 어떻게 되었는지 모릅니다. 그 보물 역시 연기로 사라졌겠지요.

8

　도처에 아버지. 언제 어디서나 항상. 깨어나기 전의 몽롱한 순간에도, 저녁마다 잠에 빠져들기 전 나를 덮치는 마비 상태 속에서도. 그는 어디에 있을까? 바보 같지만 끈질기게 나를 괴롭히는 물음. 그에게 전화를 걸어, 그 없이 달려야 하는 긴 여정을 위해 마지막으로 그의 목소리를 듣고 싶다. 눈을 감으면 그가 나타난다. 그건 망령이나 환영이 아니라 완전히 그 반대다. 그는 산호색 스웨터를 입고 있다. 우리는 투르말레*를 올라간다. 나는 열세 살이다. 그는 내 아버지가 되었다. 나는 두려움에 마음 졸이며, 안간힘을 다해 그의 아들이 되고 싶어하지 않았던가. 우리는

---

　* 피레네산맥의 가장 험난한 고개 중 하나.

숨결을 뒤섞으며 가파르고 꼬불꼬불한 도로들을 타고 올라갔다. 할아버지는 따발총 소리를 내는 회색 파나르를 몰면서 우리를 앞서거니 뒤서거니 하고 있다. 얼마 후 나는 아버지를 제치고 앞으로 나아갔다. 십 미터, 이십 미터, 백 미터. 할아버지는 마치 악마처럼 페달을 밟아대는 손자가 자랑스럽다. 내 뒤에서 아버지는 좀더 천천히 달리며 그 리듬을 즐기고 있다. 그는 달짝지근한 설탕물을 마신다. 그는 서른여섯 살이다. 그는 열심히 달리는 아들의 모습을 카메라로 영원히 간직하려는 할아버지를 향해 미소를 짓는다. 그 두 사람은 서로 닮았다. 눈 속에 항상 박혀 있는 결연한 무엇, 패배하지 않으려는 의지. 미처 감추지 못한 듯한, 그 눈 속에 깃든 약간 비웃는 듯한 미소와 함께. 자칫 건방진 태도로 보이기도 하는 의욕에 넘치는 표정. 장난꾸러기 같은 느낌을 주는 보조개. 아버지는 정상에 다다르자 두 팔을 하늘로 높이 들어올린다. 나는 쿱피이고 그는 바르탈리다.* 우리는 오직 우리를 위해서 1949년 투르 드 프랑스를 재연한다. 그가 나를 칭찬한다. 아버지는 내 자전거의 프레임을 크롬에 담가 단단하게 만들었듯이 나를 산속에 담가 기개를 단련시켰다. 차를 타고 집으로 돌아오는 길에 할아버지는 튀니지 남부를 역주했던 옛 추억을 들려

---

* 둘 다 이탈리아의 사이클선수로, 여러 대회에서 선의의 경쟁을 벌였다.

준다. 아버지는 젊은 시절, 그들이 프랑스에 도착한 해에 술로르 고개를 자전거로 달렸던 때를 회상한다. 그들은 포르테다스페 고개를 지나는 투르 드 프랑스 참가자들을 보았다. 아주 야위고 뺨이 움푹 팬데다 석고상처럼 창백한 파우스토 콥피를 보고 할 아버지는 오열을 터뜨렸단다. 나도 조금씩 그들의 역사에 속해 간다. 나는 그 안으로 들어가고, 그들은 내 기억을 감미로움으로 가득 채운다.

아버지와 할아버지는 튀니지, 자칼처럼 날렵한 그들의 애마 디키, 파트리오트 드 수스 축구팀의 경기, 튀니지 항구를 기점으로 시간 내에 완주해야 하는 자전거 경주에 대해 차례로 이야기 한다. 어느 날 아버지는 꿀이 방울져 떨어지는 태양 몇 개를 신문지에 둘둘 말아 가져왔다(그는 즐라비아*를 그렇게 불렀다). 태양 조각들은 손가락에 들러붙어 유리처럼 바스러졌고, 떨어지는 꿀 줄기들을 놓치지 않으려면 혀끝으로 재빨리 낚아채야 했다. 나는 새 항아리를 볼 때마다, 정원 한쪽에 떠오르는 태양을 볼 때마다, 내 아이들이 기뻐하는 모습을 볼 때마다, 그 아침식사를 떠올린다.

---

* 길쭉한 반죽을 나선형으로 감아 튀겨낸 황금빛의 북아프리카 전통 과자.

별다른 계기가 없어도 아버지는 쉽게 내 눈앞에 나타난다. 그의 손, 그의 시선, 그에게 가장 본질적인 것들, 말에 인색했던 그에게는 말보다 훨씬 더 중요했던 것들. 그의 고매함은 몸짓, 얼굴 표정과 위로 치킨 눈썹, 그리고 커다랗게 뜬 눈으로 놀람을 나타내는 "오!"나 만족을 나타내는 "아!" 같은 소리로 드러날 뿐 말이 없었다. 겉으로 보기에 그는 대체로 삶에 만족하는 것 같았다. 가령 이른 아침 그가 '그'〈쉬드웨스트〉신문 또는 '산안토니오(『내가 당나귀 꼬리에 관한 얘기를 들었더라면』)' 시리즈와 함께 유일하게 꾸준히 읽는 〈르 카나르 앙셰네〉, 아니면 〈레키프〉를 앞에 펼쳐놓고 나폴레옹의 이니셜처럼 금박으로 장식된 N자가 찍힌 잔에 커피를 따라 홀짝이는 동안 내가 그에게 전화를 걸 때면. "아! 너니?" 그 짧은 말 다음에는 언제나 똑같이 "그래, 무슨 일이니?"라는 말이 뒤따랐다. 그러면 나는 이런저런 이야기를 미주알고주알 떠들어댔다. 나는 직접 보지 않아도 그의 반짝반짝 빛나는 눈과 만면에 떠오른 환한 미소를 짐작할 수 있었다. 그는 내게 더 얘기해달라고 했고, 그의 목소리는 또렷하고 밝았다. 때로는 감기 때문에 말하는 사이사이 재채기를 하기도 했다. 봄마다 그는 어김없이 감기에 걸렸다. 우는 동시에 웃는 그의 모습을 볼 수 있는 건 그때뿐이었다.

그가 세상을 떠난 이후로, 이제 그는 불쑥 솟아오르는 우연을 통해 나의 내면에 그 어느 때보다 더 생생히 살아 있다. 그 비극이 일어난 다음날, 나는 파리 당페르로슈로 광장 방향으로 걸어가다가 몽파르나스 묘지 앞을 지나가게 되었다. 거기서 나는 우연히 '아버지 집'이라는 이름의 프랑스 남서 지방풍의 한 레스토랑을 보게 되었다. 고인이 살아 있는 우리와 숨바꼭질 놀이를 하는 게 아닌가 생각하게 만드는 그런 이상야릇한 일들이 일어나지 않고 지나가는 날은 단 하루도 없다. 어느 날에는 내 막내딸 조에가 나를 느닷없이 '파피'*라고 부른다. 그 아이의 언니 콩스탕스는 6월의 자기 생일에 받은 어떤 편지에 적혀 있는 글씨를 보고 할아버지의 필체가 틀림없다고 우겼다. 그건 불가능하다, 하지만…… 어느 날 저녁 나는 별생각 없이 벽난로 언저리에 떨어진 장미 꽃잎 몇 개를 주워 은은한 황금빛 조명을 받아 조르주 드 라 투르의 그림을 연상시키는 가족사진 속에 당당히 자리 잡고 있는 아버지 앞에 뿌렸다. 허물어지기 쉬운 시든 꽃봉오리, 그건 이제 당신에게 꽃가루 알레르기를 일으키지 않겠지요. 당신이 세상을 떠나고 며칠 후, 한 정원사가 티르 거리의 우리집에

---

* 할아버지를 지칭하는 유아어.

박태기나무를 한 그루 심으면 어떻겠느냐고 제안했습니다. 그 나무 이름은 나에게 친숙했습니다. 하트 모양의 잎을 달고 있는 그 나무를 당신이 각별히 좋아했다는 것, 당신의 조부모님이 튀니지에서 그 나무를 한 그루 키우셨다는 것, 준 고모에게 당신이 그 나무를 선물했던 것을 지금도 기억하고 있으니까요. 당신은 공기처럼 가볍고 섬세한 박태기나무로 우리집 정원에서 되살아났습니다. 그 나무는 땅에 묻히자마자 화려한 자줏빛 꽃들을 피웠습니다. 일 년 전에 나탈리와 나는 열매가 딱 하나 열린 레몬나무를 당신에게 선물한 적이 있습니다. 그때 놀라고, 기뻐하고, 당황하던 당신 모습이 생각납니다. 우리가 당신에게 느닷없이 돌려준 그 튀니지의 편린. 그 이후로 당신의 레몬나무는 풍성하게 매달린 열매의 무게에 휘청거렸습니다. 나는 네르발의 시구를 읊조립니다. "그리고 당신의 이가 자국을 남긴 쓰디쓴 레몬." 당신은 도처에 있습니다. 당신은 한줌 재로 흩어졌지만, 그 나무들은 당신을 내 기억 속에 뿌리박히게 합니다.

지금 우리는 헤엄을 치고 있다. 아니, 헤엄을 친다기보다는 나도 모르는 사이에 물속으로 사라져간다. 여름의 어느 일요일, 나는 열 살이고, 우리 가족은 푸앵트 에스파뇰에 놀러와 있다. 감시하는 사람이 없는 해수욕장. 파도를 타기 위해 앞쪽을 다듬은 나의 작은 나무 보드가 먼바다로 미끄러져 나아간다. 물의 흐름이 나를 실어간다. 당신의 외침이 내게 들리지 않는다. 나는 멀어져간다. 위험 따위는 전혀 생각하지 않는다. 기슭으로 되돌아가기 위해 발버둥을 칠 즈음이면 이미 때가 너무 늦을 것이다. 두터운 세월의 장막 너머로 아버지의 모습이 아주 선명하게 떠오른다. 그가 뱃전에서 마치 투창처럼 날쌔게 물속으로 뛰어내렸다. 갑자기 그가 파도 마루 사이에 모습을 드러낸다. 도대체 어떻게 했기에 그토록 빨리 내가 있는 곳까지 올 수 있었을까? 그는 침착하게 말한다. 전혀 숨차하지 않는다. 그는 〈타잔〉에 나오는 조니 와이즈뮬러 같은 엄청난 괴력을 갖고 있는 게 틀림없다. 저기 모래사장 위에 있는 엄마에게 우리는 단지 푸른 소용돌이 위에 떠 있는 두 개의 작은 점일 뿐이다. 엄마가 달려오다 쓰러지는 게 보인다. 엄마의 배는 불룩하게 튀어나와 있다. 그 뱃속에는 8월에 태어날 내 생일 선물인 프랑수아가 들어 있다. 무성영화의 한 장면 같다. 오직 파도 소리만으로 음향효과를 넣은 장면. 나는 엄마가 울고 있다는 걸 안다. 엄마는 아빠와 내가 이미 깊은 바닷속으로 가라앉았다고 생각하고 있을 것이다. 몇몇 사람들이 엄마를 둘러싼다. 엄마가 두 손으로 얼굴을 감싼다. 아버지는 침착한 태도로 계속 내게 말을 한다. 규칙적으로 숨을 쉬면서 그대로 편안하게 있으라고 한다. 하지만 그가 옆에 있는

데 내가 왜 당황하겠는가. 신뢰는 무의식의 한 형태다. 후일 나는 아이들과 어른들의 한 해 한 해는 이 흐름 속에 사라진다는 걸 알게 될 것이다. 나는 겁나지 않았다. 아버지가 나에게로 왔고, 우리는 무사히 모래사장으로 돌아왔다. 우리는 수건과 공포에 질린 엄마로부터 멀리 떠내려갔다가 구조되었다. 아버지가 예의 그 미소를 살짝 지으며 우리를 위로한다. 바닷물은 안 그래도 짜, 그런데 뭣 땜에 눈물을 흘려 바닷물을 더 짜게 만들어? 우리가 공포를 잊을 수 있도록 준 고모가 아주 향이 좋은 '콩플레푸아송'*을 만들어줄 것이고, 우리는 그걸 뼈까지 씹어 먹을 것이다. 그리고 우리는 '쥐디시'라는 아이스크림 가게의 셔벗, 그리고 타미지에 과자점의 대리석 테이블 위에서 게으른 뱀처럼 늘어지는 쉬크르 도르주**를 먹을 것이다. 그리고 내일 날이 밝자마자 우리는 퐁테야크 해변에 다시 돌아가 있을 것이다. 아버지는 처남들인 앙드레, 마타와 함께 번갈아 가죽 럭비공을 차며 놀 것이다. 그들이 공을 차는 둔탁한 소리가 아직도 귀에 들리는 듯하다. 후일 아버지는 나에게 슈퍼 팔 밀리미터 소형 카메라를 선물할 것이다. 물속을 달리면서 내지르는 우리의 고함소리, 아버지

---

* 기름에 튀긴 생선과 야채, 감자튀김에 토마토와 계란으로 만든 소스를 곁들인 튀니지 요리.
** 보리 추출물로 만든 긴 막대 모양의 사탕.

의 목소리, 그의 웃음소리, "자, 이리 와, 작은 당나귀야!"라고
말할 때 그의 억양, 내 기억 속에서만 사운드트랙이 흐르는 그
소리 없는 추억들을 새기기 위해.

마법 같은 세월이다. 나는 불멸의 존재다. 나에게는 아무 일도
일어날 수 없다. 나에게는 진실된 거짓말이 넘쳐난다. 그래, 나
는 튀니지 사람이다. 나는 사막과 오아시스, 시로코*에 익숙한 인
간이며 단봉낙타와 사막여우들의 친구다. 나는 가시들을 벗겨
낸 선인장 열매를 먹고, 오로지 대추야자 퓌레만을 숭배한다. 나
는 재스민 꽃다발의 향기를 맡는다. 다른 모든 것이 잠들어 있
을 때 깨어나는 유일한 꽃. 나는 학교에 사하라사막 포스터를 가
져가 그곳이 그립다고 말했다. 나는 피에누아르**의 억양(말끝에
'바-바-바'를 붙인다)과 향수에 사무친 어조를 어렵지 않게 터
득한다. 시청에 들른 어느 날, 나는 가족 수첩***이라 불리는 그 신
비로운 문서에 슬쩍 눈길을 던진다. 보르도에 살던 시절의 내 성
은 사라졌다. 미셸과 어머니가 결혼했고, 나는 결혼 선물로 자신

* 사하라사막에서 지중해로 불어오는 강풍.
** 알제리 태생의 프랑스인을 가리키는 말.
*** 결혼식이 끝나면 시청에서 혼인증명서에 해당하는 가족 수첩을 발급해주는데,
아이가 태어나면 여기에 이름을 올린다.

72

의 성을 나에게 준 미셸 포토리노의 법적인 아들이 되었다고 그 수첩에 명시되어 있다—이제야 나는 나 자신을 제대로 이해한다. 그런데 그의 성 앞에 다른 이상한 이름이 붙어 있다. 사실 그의 이름은 미셸 마르크스다. 막스가 아니라(막스 코엔이라는 권투 챔피언이 있긴 하지만) 마르크스. 그건 진작부터 궁금했던 부분이다. 프랑스 사회당 역사에서 중요한 인물이었던 할아버지의 해학, 그는 아마도 자신의 맏아들에게 마르크스라는 이름을 붙임으로써 프랑스 정부를 조롱하고 싶었던 것이리라…… 우연히도 내 어머니, 열일곱 살 어린 나이에 혼자가 된 아리따운 어머니는 니스에서 나를 낳았다. 니스에서 태어나고 자란 건 튀니지인 흉내를 내려는 내가 그럴듯한 장면을 구상하는 데 많은 도움이 되었다. "튀니지에서 니스까지는 숨 한 번 쉬는 동안 달려서 가뿐히 골인할 수 있는 거리야. 니스, 튀니지, 한번 해봐." 순진한 아이들쯤은 멋지게 속여넘길 수 있다. 보르도나 페캉에서 태어났더라면, 더 많이 궁리하고 머리를 굴려야 아이들을 납득시킬 수 있었을 것이다. 하지만 니스, 튀니지, 그 둘 사이를 갈라놓은 건 단지 바다뿐이다, 그것도 아주 보잘것없는 바다. 그리고 아버지가 그 둘을 다시 이어준다. 미셸 마르크스는 나에게 많은 것을 아낌없이 베풀어주었다. 그는 나에게 성을 주었고, 내 허무맹랑한 거짓말과 완벽하게 맞아떨어지는 지도도 주었다. 나는 포토리노 집안에서 최초로 바다 건너편에서 태어난 사람이 되었다. 프랑스인이지만 필사적으로 튀니지 사람이 되려고 애쓰는. 프랑스인이 북아프리카 문화에 동화되려고 한결같이 노력하는 경우는 좀처럼 보기 드문 일이었다. 나는 그러한 기본적인 환상 속에서 성장했다. 아버지처럼 i자 위의 점과 쉼표를 특이하게 찍으며 얇고 길쭉한 글씨체로 글을 쓸 때면 사람들에게 핀잔을 듣고 야단을 맞으면서. 그런 글씨체는 도대체 어디서 배운 거냐고 학교 선생들이 물을 때면, 나는 평소에 아랍어를 쓰기 때문이라고 얼굴 하나 붉히지 않고 대답했다. 영락없는 열 살짜리 허언증 환자다.

지금은 6월, 아버지가 침묵을 지키기 시작한 지 벌써 석 달째로 접어들었다. 프랑스와 네덜란드 축구 국가대표팀의 경기가 벌어지고 있다. 카메라는 관람석에 앉아 있는 전설적인 축구 스타 요한 크루이프를 오랫동안 클로즈업한다. 갑자기 내 피가 멈춘다. 내 귀에 당신의 말이 들린다. 당신이 방금 막 나에게 말을 했다. 그 네덜란드 스트라이커의 여전히 젊은 얼굴 앞에서 갑자기 세월이 지워졌다. 그건 적어도 삼십 년 전이었다. 텔레비전에서 아약스 암스테르담의 경기를 중계방송하던 그 저녁들은. 당신은 당신의 눈만큼이나 빛나는 미소를 띤 얼굴로 집에 돌아와 그저 이렇게 말했다. "아약스 경기가 있어." 그 마법 같은 단어, 아약스는 또다른 마법 같은 이름을 가리키고 있었다. 크루이프. 당신은 크뢰이프가 아니라 크루이프라고 발음했다. 낮은 탁자 위에는 시가처럼 말아놓은 크레이프들이 열 지어 있을 것이다. 다음날 학교 수업이 있다 해도 날 새는 줄 모르고 축구 경기로 열을 올리던 밤들. 그건 우리집의 축제였다. 아약스는 분말 세제 상표가 아니라 내 아버지를 어린 시절로 되돌아가게 해주는 암호였다. 그가 친구들과 함께 수스의 거리에서 신문지를 단단하게 말아 만든 공을 맨발로 차며 축구 시합을 하던 그 시절로 돌아가게 해주는. 혼자 있을 때면 그는 한가운데에 구멍이 뚫린 옛날 동전에다 부채처럼 접은 종이를 끼워넣고서 그걸로 묘기를 부리곤 했다. 그에게 축구는 지식의 상아탑이었고 재능과 우정의 학교였다. 펠레, '크루이프'나 지지 리바는 그가 열 살이 될 때까지 그의 손을 잡아 이끌어준 안내인들이었고, 이제 그들은 나의 안내인이 되었다.

9

아버지가 무엇보다 애지중지했던 건 할머니가 만든 테라코타 조각상이다. 나는 아버지 집에서 오랜 세월 그 조각상을 보았다. 호리호리한 체격에 머리에는 허름한 중절모를 쓴 남자를 표현한 조각상이다. 고모들은 그 조각상을 보면서 이렇게 외쳤으리라. "꼭 미슈 같아!" 하지만 이제 나는 그 조각상의 모습이 분명하게 기억나지 않는다. 내가 자신 있게 기억하는 건, 붉은 살결의 그 작은 조각상을 '아메리칸'이라 불렀다는 사실이다. 아버지는 미국에 한 번도 가본 적이 없고, 아는 미국인도 없다. 그런데 대서양 저편 두 명의 미국 작가가 그를 묘사했다. 정작 그는 그 사실은 물론이고 심지어 그런 작가들이 있는지조차 모르는데도. 허구의 인물들을 현실 속에 확실하게 살아 있게 만드는 게 바로 문학의 마술이자 매력이다. '에브리맨'이라는 단순한 제목이 붙은 필립 로스의 소설 속 어느 한 페이지, 단 한 페이지에 그에 대한 묘사가 나온다. 대서양 어느 해변에서 늙어가는 자신의 모습에 고통스러워하는 한 남자. 그 페이지, 그러니까 내 아버지는 다음과 같다.

하지만 어린 시절의 가장 좋았던 순간을 기억하며 보낼 수 있는 시간이 얼마나 되겠는가? 노년의 가장 좋은 순간을 즐겨야 하는 것 아닐까? 혹시 노년의 가장 좋은 순간이란 것이 바로 그것 아닐까? 어린 시절의 가장 좋았던 순간들을 갈망하는 것? 그때 그의 몸은 관管 모양의 싹과 같았다. 그 몸은 저멀리 파도가 만들어지기 시작하는 지점에서 그 위에 올라탔다. 두팔을 화살촉처럼 앞으로 뾰족하게 내밀고 올라타면, 비쩍 마른 나머지 몸이 화살대처럼 그 뒤에서 따라왔다. 파도를 타고 해변의 가장자리, 작고 뾰족한 돌과 날카로운 조가비와 가루가 된 조개껍데기에 갈빗대가 쓸리는 곳에 이르면 다시 허겁지겁 일어서서 얼른 몸을 돌려 낮은 파도들을 헤치며 비틀거리며 나아갔다. (……) 그는 다 젖은 맨발로 소금기를 풍기며 집으로 달려가면서, 여전히 두 귓속에서 들끓고 있는 거대한 바다의 강력한 힘을 기억하며 팔뚝을 핥아 물기가 가시지 않은 채 햇볕에 달구어지는 피부의 맛을 보았다.*

사진 속의 아버지는 강한 인상을 풍긴다. 그는 고인이 된 그 사람이 아니다. 진회색의 더부룩한 머리털과 지중해 연안지방 사람 특유의 잘생긴 얼굴과 딱딱해진 살이 뼈와 함께 불에 타 재로 변해버린 그 죽은 남자가 아니다. 그는 맨팔과 맨다리로 카누를 타거나 웃통을 벗고 바닷속으로 뛰어들어 헤엄치는 그 남자다. 구릿빛 피부 위로 흘러내리는 물, 젊은 신 같은 그의 구릿빛 피부를 부각시키는 짙은색 수영복. 하늘로 치솟는 물보라, 터져나오는 웃음소리, 케르케나 군도의 푸른 물속에서의 영원한 헤엄, 들이켜야 할 그 모든 바다와 그 모든 사막.

아버지에 관한 글을 쓰고 싶다는 생각을 진지하게 품기 시작한 건 그가 세상을 떠나기 몇 해 전의 일이었다. 그 당시 나는 폴 오스터의 『고독의 발명』을 읽고 있었다. 오스터는 그 책에서 자기 아버지 이야기를 했다. 그의 아버지, 내 아버지, 폐가가 되어버린 집을 떠나지 않고, 테니스를 치고 친구들을 만나긴 하지만 모든 이의 눈과 그 자신의 눈에 투명 인간으로 머물러 있었던,

---

*『에브리맨』, 정영목 옮김, 문학동네, 2013, 131~132쪽.

넋을 놓아버린 고독한 사람의 죽음. "그는 공간을 점유하고 있는 사람이라기보다는 차라리 인간의 형태를 지닌 하나의 침투할 수 없는 공간 같았다"고 오스터는 썼다. "세상은 그와 부딪쳐 튀어 오르고 산산이 부서졌으며 때로는 그에게 들러붙기도 했지만 결코 그를 뚫고 들어가지는 못했다." 나는 아버지가 어머니와 함께 살았던 그 집을 왜 그토록 완강하게 폐가가 되도록 내버려두려 했는지 그 까닭을 어렵지 않게 이해할 수 있었다. 덧없이 지나가 버린 그들의 사랑에서 아무것도, 심지어 꽃 한 송이도 남아 있어 서는 안 되었다. 그는 아무것도 건드리지 않았고, 아무것도 보존 하지 않았다. 그는 시간이 그 모든 것을 황폐하게 하는 것을 그 저 바라보기만 했다. 테니스, 고독, 물건과 집을 되는대로 방치 해둘 정도로 방임하는 태도, 살아 있는 동안 사라지기, 그게 그 였다. 결국, 자전거를 타고 맹렬하게 달리고 도보 경주를 하듯 미친듯이 걷는 것은 그가 조금씩 자신을 지워가는, 실질적으로 자신의 존재를 줄어들게 만들어 자취를 감추는 방법이자 서서히 지워지는, 그래서 마침내 단지 날을 세운 실루엣에 지나지 않게 되어 정말로 현실과 이 지상의 그 무엇에도 자신의 무게를 싣지 않기 위한 방법이었다. 여위어서 얼굴이 쾡해지고 온몸이 조각 처럼 다듬어지다가 결국에는 자기 어머니가 빚은 테라코타 조각 상, 그 미국인의 앙상하게 야윈 윤곽을 닮게 될 만큼.

"나는 내 아버지에 관해 써야만 한다는 것을 깨달았다." 폴 오스터는 아버지의 사망 소식을 접하자마자 뉴저지를 향해 출발하면서 문득 깨닫는다. "나는 아무 계획도 없었다. 그 글에서 무엇을 표현할 것인지에 대한 분명한 생각이 전혀 없었다. 심지어 내가 그런 결정을 내렸다는 사실조차 기억하지 못한다. 그건 그저 어떤 확신, 그 소식을 들은 그 순간부터 내게 부과된 의무였다. 아버지가 떠났다. 만약 내가 빨리 뭔가를 하지 않는다면, 그의 인생 전체가 그와 함께 곧 사라지고 말 것이다. 나는 그렇게 생각했다."

그게 시작이었다. 나는 모든 것을 기억한다. 그 모든 기억들은 묘비나 무덤과는 정반대되는 것들이다. 그렇다고 요람 같은 것도 아니다. 그저 너절한 종이 기념비, 아버지는 고물 같은 잠동사니와 선 채로 잠이 들 정도로 재미없는 이야기를 아주 좋아했다. 나는 그가 몇 년 동안 3연승식 경마에 걸던 숫자들을 기억한다. 언제나 똑같은 숫자들, 5, 15, 8, 정확히 이 순서대로. 이유는 모른다. 그의 자동차 등록번호도 기억하고 있다. 흰색 르노 4, 8072 BZ 33. 그랑파르크 근처 보르도의 프레데리크 방테유 거리, 라 로셸의 바조주 거리 20번지를 기억한다. 거기서 그는 다음 환자를 받기 전에 맨살 위에 입은 하얀 가운의 단추를 모두 채우고서 계단에 앉아 햇볕을 쬐곤 했다. 내 대학 시절 어떤 여자친구는 그가 레너드 코엔을 닮았다고 생각했고, 나는 그녀가 떠드는 대로 그냥 내버려두었다. 나는 05 46 01 94 46 번을 기억한다. 자동응답기에 그의 목소리가 지워지고 개성 없는 기계의 음성 메시지만 들려왔던 마지막 몇 달, 그리고 이제는 아무 소리도 들리지 않는. 나는 17170 페리에르도니스 크루아파예 거리 25번지, 지금은 크루아드파유 거리로 바뀐 그의 주소를 기억한다. 그리고 사회에 첫발을 내디뎠을 때 나는 〈라 크루아〉 지에 미셸 페리에르라는 필명으로 이런저런 주제에 관한 기사를 수십 편 기고했는데, 그중 한 원고에서 아버지에 대해 아주 장황한 찬사를 퍼부었다. 하느님의 신문에서 무신론자인 아버지를. 무당벌레*보다 더 멋진 행운을 나에게 가져다주었지만 지금은 사라져버린, 나와 우리 모두를 저버린 그 무신론자. 나는 그가 1937년 8월 30일, 처녀자리로 태어났다는 것을 기억한다.

---

* 프랑스어로 '하느님의 벌레'라는 별칭을 가지고 있다.

10

우리가 함께한 삶은 엽총으로 결말을 맺기 훨씬 전부터 덧없이 사라져가고 있었다. 시골집에 잠들어 있는 어머니의 사진첩에서 아버지의 흔적이 지워진 지는 이미 오래다. 사진을 떼어낸 자리에는 마치 오랜 세월 벽에 붙어 있던 액자를 떼어냈을 때처럼 하얀 자국이 남아 있었다. 결별은 가족 박물관에는 별로 유익하지 않다. 추억은 쿵 하는 소리만 들어도 재빨리 달아나는 겁쟁이처럼 뿔뿔이 흩어진다. 나는 증명사진을 잘 찍는다고 소문이 난, 라 로셸의 아르쿠르*라 할 수 있는 뒤로 사진관에서 찍은 반명함판 사진을 포함해서 아버지의 사진을 몇 장 갖고 있다. 흑백

---

*1934년에 설립된 유명한 사진 전문 스튜디오.

의 아빠, 라운드칼라 폴로셔츠, 툭 튀어나온 목울대, 아치형의 두꺼운 눈썹 아래 맑고 선한 눈, 각진 얼굴, 귀를 따라 길게 뻗은 구레나룻, 갓 면도한 얼굴. 어떤 모습들은 내 기억 속에 뿌리내려 있다. 사진들 속 그는 군인 미슈로, 때로는 모자를 벗은 채로, 때로는 외인부대의 하얀 군모를 쓰고서, 페르낭델*을 닮은 그 영원한 미소를 입가에 띠고 있다. 그리고 1958년 6월 23일 오랑 해변에서 휴가를 즐기는 모습을 담은 사진도 있다. 아직 앳된 모습의 스무 살 청년, 알제리 전쟁 당시다. 그는 나에게 그 시절 이야기를 절대로 하지 않았다. 단 한 번을 제외하고는 절대로. 1980년대 중반이었다. 한 남자에게서 전화가 왔다. 뱅상이라는 이름의 신부였다. 그는 페루 남부의 아레키파에 살며 마르크스주의를 가르쳤다. 해방신학자였던 그는 플로라 트리스탕**의 찬미자로, 마치 연인을 향하는 듯한 경애심을 가지고 그녀에 대한 추억을 회상했다. 그는 파리에 잠시 머물던 중 〈르몽드〉에서 내 성을 보고는 혹시 내가 알제리 시절 이후로 연락이 두절된 자신의 옛친구 미셸의 혈육이 아닐까 생각했다. 아버지가 가톨릭 사제와 친구라고? 뱅상이 위대한 카를의 학설을 가르치고 있긴 하지만, 그

* 프랑스 마르세유 출신의 희극 배우.
** 프랑스의 사회주의 작가이자 운동가. 현대적 페미니즘의 선구자 중 한 사람이기도 하다.

리고 아버지의 두번째 이름이 마르크스이긴 하지만, 그래도 어안이 벙벙했다. 나는 뱅상 신부에게 내가 미셸의 아들이라고 자랑스럽게 말했다. 군대 시절 전우인 아버지를 아주 오래전부터 만나보지 못했던 그는 내 말을 곧이곧대로 믿었다. 내 나이를 계산해볼 생각도 하지 않고…… 전쟁에서 돌아온 이후 아기 천사 같은 얼굴의 미남 미슈에게는 항상 여자들이 줄줄 따랐지만, 그에게 아직 자식이 없다는 것은 누구나 알던 사실이었다. 촌사람이되어 한사코 자기 집 근처를 벗어나지 않으려 하던 아버지가 이번에는 웬일로 나를 어리둥절하게 만들었다. 아버지는 선뜻 기차를 타고 파리로 올라왔다. 뱅상 신부가 시간 여유가 없어 아버지가 있는 곳으로 가지 못했기 때문이다. 나는 그들이 그 저녁식사 때 주고받은 말을 기억해내려 애쓴다. 뱅상 신부는 혁명 당시의 상황을 그린 그림에서 튀어나온 게릴라 대원 같았다. 덥수룩한 검은 수염, 가느다란 안경테 너머 타협을 모르는 지식인의 단호한 시선. 아버지와 그는 서로 짝을 이루었다, 무신론자인 미셸, 그리고 자기가 오랫동안 믿고 따랐던 라틴계 신을 위대한 카를 마르크스를 통해 재해석한 뱅상…… 매복, 잔혹 행위, 터무니없는 상황에 대한 여러 이야기가 오갔다. 그러다 마침내 뱅상신부는 자신들이 누군가의 잘린 머리를 모포에 둘둘 말아 며칠낮 며칠 밤을 간수했었다는 얘기를 꺼냈다. 그게 그들 편 군인의 머리였던가, 아니면 어느 파르티잔의 머리였던가? 그건 잊어버렸다. 오랫동안 내 머릿속에 집요하게 맴돌던 그 이미지, 그 잘린 머리를 내가 모르는 어딘가로 옮겨가는 임무를 떠맡은 아버지의 이미지만을 기억할 뿐이다. 만신창이가 된 심신을 이끌고 알제리 전쟁에서 돌아온 아버지는 오랫동안 침울해했다. 어느 날 아침, 그는 "오레스 산에 적이 숨어 있다!"고 고함을 내지르며 부모가 사는 집 부엌에 기관총을 갈겨댔고, 하마터면 자기 어머니를 죽일 뻔했다.

내 소설의 출발점은 무엇보다 출생에 관한 것이라는 걸 깨달은 나는 2004년에 포토리노 집안 사람들, 내 아버지, 아버지의 아버지, 그 친족 전체에게 갚아야 할 빚인 양 『코르사코프 증후군』을 출간했다. 그때 아버지는 지나가는 말처럼 나에게 말했다. "실은 너한테 줄 선물이 있다." 어느 여름날 저녁, 페리에르에서였다. 그는 잠시 사라졌다가, 너무나 가벼워 '깃털'이라 불리는 만년필을 갖고 돌아왔다. 나무로 만든 원통형의 만년필 둘레에는 금빛 잎사귀가 조각되어 있었고, 거기에 '카오룩스'라는 상표가 새겨져 있었다. 펜촉 역시 도금되어 있었는데, 반대편 끝의 작고 둥근 쇠테를 돌리면 촉이 나오거나 다시 들어갔다. "군대 시절 오랑에 가 있을 때였어. 어느 날 모래밭에 몸을 쭉 뻗고 누웠는데 머리 아래 딱딱한 나뭇조각 같은 게 느껴지더구나. 그게 바로 이 만년필이었다." 그는 마치 상을 주듯 나에게 그걸 내밀었다. 내가 받은 최고의 문학상, 이 세상에 존재하는 상 중에서 가장 멋진 상. 그 오랜 세월 동안 그는 그 만년필에 대해 한마디도 하지 않고 아무도 모르는 곳에 보관해온 것이다. 그가 내 앞에 나타나기로 결심하기 전부터, 내가 그의 것이 된 것처럼 그가 나의 것이 되기로 결심하기 전부터. 그 만년필은 언제나 내 책상 위에, 다채로운 색을 띤 진귀한 나무 필통 속에 당당히 자리잡고 있다. 나는 그 '깃털'을 만년필 수리점에 맡겼다. 하지만 수리를 마친 후에도, 펜촉의 갈라진 틈 사이에 보이지 않는 모래 알갱이가 끼어 있는 것처럼 글씨를 쓸 때마다 껄끄럽게 종이를 긁어댄다. 마치 알제리의 편린 하나가 순조로운 글쓰기를 방해하는 것처럼. 게다가 잉크도 많이 샌다. 그래서 나는 그 만년필을 눈앞에 두고 쳐다보면서 그 깃털이 내 손에 고분고분 복종할 준비가 됐는지 확인한다. 이따금 나는 검은 잉크병에 '깃털'을 넣어 잉크를 적신 후 단어를 몇 개 쓴다. 종이를 긁는 펜촉 소리. 나는 아버지를 떠올린다. 당신 눈에 내가 한 명의 인간, 한 명의 작가이기를, 내가 나의 '옛날 옛적에'들 속에 기록했던 실향민들의 역사를 기억 속에 간직한 사람이 되기를 기대하며 마침내 내 앞에서 처음으로 그 만년필을 꺼냈을 때 칠순 노인 같은 미소를 보여주었던 그를. 나는 그 미소를 다시 떠올린다. 그리고 오랑 해변에 정박된 배 앞에서 크림색 제복에 베레모를 쓰고 모래 위에 한쪽 팔꿈치를 괴고 모로 누워 광대뼈가 도드라진 얼굴로 약간 방심한 듯 시선을 허공에 두고 햇빛 때문에 실눈—가로로 난 두 개의 금—을 뜬 채 군 서류에 서명을 하거나 부모님에게 보내는 안부 편지(어쨌든 그는 결국 편지 쓰는 걸 잊어버리겠지만)를 쓰기 위한 필기구로는 너무 멋진 이 만년필로 뭘 할까 궁리하는, 코르토 말테세*처럼 반듯한 자세와 우아한 용모를 지닌 태평스러운 젊은이의 미소가 그 미소와 오버랩된다.

나는 그 사진들을 지나치게 많이 들여다보고 싶지 않다. 그 추억만으로 충분하다. 이글거리는 태양 아래 탱크 주위에서 전우들과 함께 음식을 먹고 있는 아버지. 야전삽에 음식을 담아 먹는 그들은 자신들이 아주 젊고 아직 살아 있다는 것을 대수롭지 않게 여긴다. 나는 그를 다시 보고 싶은 마음을 억누를 수 없다. 그 마음을 도저히 어떻게 할 도리가 없다. 마치 벌레에 물린 곳을 피가 날 때까지 긁어대는 것처럼. 내 눈앞에, 어떤 봉투에 들어 있던, 가장자리가 톱니 모양으로 잘린 작은 사진들이 있다. 단색

---

* 이탈리아 만화가 우고 프라트의 연작 만화 제목이자 주인공 이름.

이나 줄무늬 셔츠에 헐렁한 운동복 바지를 입은 젊은이들, 세 사람은 서 있고—그중에 내 아버지가 있다—두 사람은 쭈그리고 앉아 있다. 봉투 겉면에는 연필로 쓴 뒤에 다시 검은색 잉크로 덧쓴 이런 글씨가 있다. '스팍스의 세칼디 스타디움*. 아르티강, 아마르. 나. 코엔. 타랑토 마르셀. 스코어 일 대 일.' 또는 뒷면에 언제나 이런 글자가 적혀 있는 붉은색 소인. '튀니지 스포츠의 희망 팀, 밥카르타젠 가 3호', 그리고 푸른색 잉크로 적힌 포토리노라는 간단한 성. 나는 그의 갸름한 얼굴선을 보고 놀랐다. 굳게 입을 다문 표정. 그는 야성적이면서도 부드럽고 남자다우면서도 섬세한 동물적인 분위기를 풍긴다. 여자를 가젤에 비유하는 튀니지에서는 그를 두고 '가젤처럼' 잘생겼다고 말할 것이다…… 때로 그는 친구의 어깨에 손을 얹고 있다. 아니면 무게가 일 톤쯤 나갈 것 같은, 묵직해 보이는 가죽 공을 들고 있거나. 그도 아니면, 어깨에 멘 경기관총을 무심하게 잡고 있거나. 그리고 그때부터 이미 죽음에 길들여질 필요가 있다는 듯 이를 온통 드러내며 웃고 있다. 만일 그가 머리에 간호사나 물리치료 견습생이 쓰는 흰 모자를 쓰고 있지 않다면, 그의 머리칼, 마치 수플레처럼 부풀어오른 검은 머리채, 제임스 딘이나 몽고메리 클리

---

* 튀니지 중동부의 항구도시 스팍스에 있는 경기장.

프트 같은 짙은 갈색 머리가 보일 것이다. 그는 마치 구름이 때때로 해를 가리는 것처럼 미소와 불안의 그늘을 번갈아 내비치고 있다. 내면의 구름들. 그는 먼 곳을 생각하거나, 다른 곳에 가 있거나, 자기 자신 속에, 심연 속에 아주 깊이 빠져 있는 듯한 인상을 준다. 다다를 수 없는.

11

전에는 여자들만 있었다. 내 어머니, 그리고 어머니의 어머니, 고통과 슬픔을 지닌 여자들. 그중 한 여자는 너무 젊고, 다른 한 여자는 너무 늙은, 내 어린 시절과 함께하는 두 고독. 미셸이 우리 삶에 들어오면서 모든 게 달라졌다. 무미건조한 금요일과 일요일의 미사는 끝났다. 그는 오로지 축구만을 믿었으니까. 침울하고 어두운 보르도 시절은 끝나고, 태양이 비치는 찬란한 라 로셸 시절이 시작되었다. 애비 없는 자식의 시절은 끝나고—그게 불행하지는 않았다 하더라도—아빠와 엄마, 하나, 둘, 세 명의 사내아이, 가정의 행복이 시작되었다. 모든 게 갑자기 달라졌다. 남자의 목소리, 남자의 옷가지, 가죽 신발, 검은 단화, 얇고 반들거리는 가죽으로 만든 밝은색 단화, 시합용 무릎 보호대, 빨간

색과 하얀색이 섞인 긴 양말과 스파이크슈즈, 테니스 라켓과 던롭 고무공, 잔털로 뒤덮인 새 공들, 아니면 포핸드와 스매시, 게임, 세트, 매치를 되풀이한 나머지 수도승의 삭발한 머리처럼 반들반들해진 헌 공들. 〈레키프〉 신문. 아버지가 당신의 할아버지에게서 물려받은, 검은 손잡이가 달린 칼. 그리고 욕실에는 면도할 때 잘려나온 짙은 갈색 털이 붙어 있는 하얀 비누, 반들거리는 손잡이가 달린 빽빽한 면도솔, 면도기와 질레트 면도날들, 유리병에 든 애프터셰이브…… 조로가 왔다, 천천히, 위대한 조로, 커다란 모자를 쓰고 마법 같은 매력과 함께. 그가 내뿜는 지탄 담배의 흰 연기, 면도 거품이 묻은 턱수염.

사십 년 가까운 세월이 지났건만 그때 일을 생각하면 아직도 몸이 떨린다. 오늘 아침, 마치 아버지가 실수로 걸기라도 한 것처럼 그의 번호가 내 휴대전화에 찍혀 있었다(나는 그 번호를 삭제하지는 않았지만 서둘러 전화기를 껐다). 어머니가 보르도에서 내 동생들을 일 년 반 남짓의 터울로 1970년 8월과 1971년 12월에 낳았을 때—여름의 동생과 겨울의 동생—아버지와 나는 라 로셸에 머물고 있었다. 그가 '남자들끼리' 지내자고 결정했던 것이다. 그날 저녁 그는 나를 한 음식점에 데려갔는데, 옆 테이블에서 들려오는 대화를 귀를 쫑긋 세우고 듣는 일은 우리에게 커다란 즐거움이었다. 우리는 그 유치한 이야기에 함께 미소지으며 우스꽝스러운 사람들, 거드름 피우는 사람들을 비웃었다. 라 코티니에르 호텔 레스토랑의 등심스테이크와 감자튀김, 혹은 바닷가재 요리를 앞에 두고 떠들어대는 이야기를 들으며 우리가 주고받던 웃음 띤 시선 속에서 태어나던 그 은밀한 공모! 한번은 사람들이 알제리 전쟁에 관해 하는 말을 듣다가 더이상 화를 참지 못하고 마침내 우리의 아랍인 얼굴을 대화하는 사람들 틈에 디밀면서 그 논쟁에 끼어들었다. 그게 정확히 무엇에관한 논쟁이었는지는 기억나지 않는다. 갑자기 어두워진 아버지의 얼굴, 찌푸린 눈썹, 검은 눈, 마치 맑은 하늘에 갑자기 폭풍우가 쏟아진 듯이 숯처럼 새까만 얼굴빛만 내 기억에 남아 있다. 우리는 서둘러 일어났다. 우리가 디저트를 먹었는지 어쨌는지도기억나지 않는다. 우리는 드라공 영화관으로 갔다. 거기서는 퓌네스가 주연한 영화 〈산책하는 헌병〉을 상영하고 있었는데, 그영화 속에 나오는 생트로페 해변의 벌거벗은 아가씨들은 우리로하여금 미소를 머금게 했다가 결국에는 미친듯이 폭소를 터뜨리게 만들었다.

아버지는 남에게 쉽게 휘둘리는 부류가 아니었다. 특히 신발을 살 때는. 다른 어떤 것보다 내 마음을 사로잡았던 그 하늘색

'키커스'의 추억은 아직도 나를 아찔하게 한다. 나는 그 신발이 정말 마음에 들었다. 가게에서 나오는 순간에도 그걸 그대로 신고 있었을 정도로. 아버지는 수표책을 꺼내 금액을 적으면서 거품 같은 땀을 흘리고 있었다. 나는 그의 말없는 분노를 이미 읽을 수 있었다. 갑자기 피가 솟구쳤다가 다시 핏기가 가셔버린 잿빛 얼굴, 떨리는 콧구멍과 함께 불만으로 팽팽해진 코, 갑자기 아주 무거워진 가쁜 숨소리. 가게 여점원이 그 신발의 가죽을 위한 특수 광택제와 특별히 제작되었다는 솔을 그전에 아버지에게 권했다는 것을 말해야만 한다. 그 여점원의 이런저런 공략들을 그가 점점 어색해지는 얼굴로 정중하게 거절했었다는 것도. 하지만 신발값을 지불하려는 순간, 그 여점원이 자신의 마지막 운을 시험하며 아버지에게 양말을 사라고 권하자 아버지는 마침내 폭발해 내 쪽으로 돌아서며 결정타를 날렸다. "에릭, 그 신발 당장 벗어라, 가자." 상점 주인이 달려와 홍당무가 된 여점원을 두둔하며 자기 일을 너무 열심히 하다보니 이런 일이 벌어진 거라고 아무리 설명해도 소용없었다. 아버지의 판결은 이미 떨어졌으니까. 나는 낡은 신발을 다시 꿰어 신고, 과골*(물리치료사의 아들인 나는 겉멋 든 해부학적 지식을 아주 좋아했다)이라고 불

---

* 복사뼈.

리는 뼈를 아주 부드럽게 감싸주는 둥근 쿠션이 달린 멋진 파란색 신발을 입 한 번 벙긋해보지 못하고 그대로 포기했다. 자기는 아들에게 신발을 사주러 왔으며, 만일 다른 게 필요하면 자기 입으로 그걸 달라고 말했을 거라며 아버지는 그 상점 주인을 엄하게 훈계했다. 우리는 뒤도 돌아보지 않고 그곳을 나왔다. 생트로페의 헌병이 나를 위로하러 온 기억은 없다……

아버지는 1970년대 초를 현재로 설정해놓고 '자기 때는' 지금과 달리 똑바로 걷는 법을 배웠다는 말을 내내 되풀이하며 우리들을 엄하게 키운, 사랑이 넘치는 자상한 사람이었다. 등굣길에 내가 차 안에서 꾸벅꾸벅 졸면 그는 주저하지 않고 단번에 창문을 열어 신선한 아침 공기로 정신이 번쩍 들게 했다. 그의 만족스러운 눈길 아래 차 안으로 갑자기 휘몰아쳐 들어와 느닷없이 내 따귀를 때리던 바람이 기억난다. 차를 타고 멀리 갈 때면 그역시 대뜸 창문을 모두 열고 정신을 차리기 위해 요란하게 숨을 들이쉬고 내쉬었다. 만일 그가 묻는 수학 공식에 내가 대답을 하지 못하면 그는 머릿속이 꽉 막혔느냐고 물으며 내 머리통에―가볍게―꿀밤을 먹였다. 유소년 사이클선수 시절 나의 충실한 후원자였던 그는 내가 선두 그룹 사이에서 자기 성에 찰 만큼 부지런히 페달을 밟지 않는다 싶을 때면 길가에서 내게 고래고래

고함을 질러댔다. "더 힘껏 달리지 않으면 자전거로 집까지 가게 할 거야!" 집에서 아주 먼 곳에서 경기할 때면 나는 그 말을 곧이곧대로 받아들여 죽을 등 살 등 페달을 밟았다…… 하지만 그런 모습을 보고 내 아버지가 어떤 사람인지 알게 된 나의 라이벌들은 그의 유머 감각을 유달리 마음에 들어했다.

12

나는 그를 닮지 않았다. 내 이목구비 중 어느 한 군데도. 그 어떤 얼굴 표정도 그와 닮은 구석이 없다. 공통점이라고는 전혀 없다. 머리카락 한 오라기조차 닮지 않았다. 그는 죽음의 침상에서도 끝까지 비단처럼 부드럽고 풍성한 머릿결을 지니고 있었지만, 내 머리는 당구공처럼 반짝인다. 눈곱만큼이라도 그와 닮은 구석을 찾아보겠다고 아무리 거울을 유심히 들여다봐도 소용없는 일이다. 나는 그저 내 동생들을 바라본다. 공교롭게도 지금 그들은 내가 오랜 노력 끝에 마침내 그를 아빠라고 부를 수 있었던 그 당시의 아버지와 비슷한 나이이다. 프랑수아는 아버지의 미소, 가무잡잡한 피부색, 타고난 매력에 덧붙여진, 시치미를 뚝 떼고 농담하는 표정이나 버럭 화를 내는 성격을 물려받았다. 막내인 장은 날카로운 윤곽, 세모꼴의 길쭉한 얼굴을 물려받았고 그 역시 아버지의 미소, 시선의 미묘한 변화, 짓궂은 장난기를 물려받았다. 만일 프랑수아와 장을 겹쳐놓는다면, 미셸의 모습을 쉽게 떠올릴 수 있을 것이다. 다행히 나는 어머니가 우리 형제 모두에게 물려준 온화한 성격과 주근깨가 난 맑은 피부를 그들과 공유하고 있긴 하다.

아버지는 할아버지를 닮았다. 그러나 이제 두 사람은 모두 닥스 묘지의 가족 납골당에 있다. 그러니 이제 그들의 닮은 목소리와 닮은 몸짓, 그들의 삶에 대한 의지에 경탄할 방법이 없다. 이제 남은 건 추억을 되살리기 위해 두 눈을 감는 일뿐이다.

그런데 난 내가 그를 닮은 것 같다고 생각한 적이 몇 번 있었고, 살면서 그처럼 처신한 적도 많았다. 나의 우상이었던 그는 내게 자신의 흔적을 새겨놓았다. 나는 마침내 그와 똑같은 억양으로 말하게 되었고, 그와 똑같이 눈썹을 움직일 수 있게 되었다. 빈 봉투인 나는 그를 내 안에 채워넣었다. 사람을 흉내내는 원숭이처럼 나는 놀랄 만큼 완벽하게 그를 따라했다. 어느 날 저녁, 라 로셸의 팔레 거리를 내려오던 길에 아버지의 친구가 운영하는 과자점에 들른 적이 있다. 거기서 아버지와 나는 커다란 바구니 안에서 알록달록한 사탕 몇 알을 꺼내 주머니에 슬쩍 집어넣다가, 우리의 사탕 서리를 지켜보던 가게 주인의 말에 깜짝 놀라 동작을 멈추었다. "그 애비에 그 자식이로군!" 어쨌거나 우리가 닮았다는 그 말은 나에게 최고의 칭찬으로 들렸다. 아버지와 나는 아무 말 없이 서로의 얼굴을 쳐다보다 그 기분좋은 아침에 배꼽을 잡고 함께 웃었다. 남이 우리가 정말로 피를 나눈 부자지간이라고 무심코 믿을 수 있다는 사실이 기쁘고 행복했다. 과자점 주인은 그저 웃자고 한 소리였는지도, 아무 생각 없이 한 말이었는지도 모른다. 하지만 어쨌든 그 사람은 그렇게 말했고, 우리는 그렇게 믿고 싶었다.

하지만 그런 식으로만 말하는 건 내 어머니에게는 부당한 일이다. 애비 없는 자식임에도 불구하고, 1960년대 프랑스 시골 사람들이 내비치는 미혼모에 대한 그 모든 의혹의 눈초리와 모욕에도 불구하고 내가 아홉 살이 될 때까지 부족한 것 없이 자라게 해주려고 온갖 노력을 다한 어머니. 그런 어머니에게 그건 옳지 못한 일이다. 미셸 포토리노가 보르도의 그랑파르크 시에 있는 우리 아파트 문턱을 넘어서던 그날, 그가 자신이 빗장 수비로 명성을 날렸던 보르도 학생 클럽에 나를 입단시켜 유소년팀 골키퍼로 뛸 수 있도록 스파이크슈즈—나는 그 신발을 '완전한 날

개'라 불렀다—를 나에게 직접 신겨주던 그날 내가 정말로 세상에 태어난 거라고 쓰는 건 부당한 일이다. 어느 날 내가 그의 허리를 팔로 두르며 그를 아빠라고 부를 수 있게 되었을 때, 그래서 그가 그저 내 머리칼을 쓰다듬어주는 것 말고는 달리 아무것도 하지 못했을 때, 그때 나는 태어났다. 그가 내 아래턱이 약간 돌출했다는 걸 발견하고는 그날로 퐁테야크에서 치과의사로 일하고 있는, 준 고모의 남편이자 자신의 처남인 앙드레에게 나를 데려가 진찰하게 했을 때, 그때 나는 태어났다…… 그가 나에게 자세를 똑바로 하라고, 등을 구부린 채 걷지 말고 어깨를 뒤로 젖혀 가슴을 앞으로 내밀라고 엄마와 똑같이 주의를 주었을 때, 그때 나는 태어났다. 지금도 이렇게 되풀이하는 그의 목소리가 들린다. "자세 똑바로 해." 그 덕분에 터득하고 유지해온 습관.

오늘 저녁 까닭도 없이 어느 여름 저녁의 보르도 캥콩스 광장에서의 우리 모습이 떠오른다. 그와 엄마 그리고 나, 우리는 대관람차에 올라탔다. 우리는 하늘 저 높은 곳에서 천천히 흔들린다. 샤르트롱과 가론 강 건너편으로 환하게 불이 밝혀진 밤, 그 도시는 우리 것이었다. 이윽고 우리는 롤러코스터에 자리를 잡고 앉았다. 그리고 우리가 탄 열차가 레일의 꼭대기에서 수직으로 떨어지면서 옆쪽으로 기울었다 힘차게 다시 제자리로 돌아올

때 귀가 멍멍해지고 두 눈이 튀어나온 내 모습을 그는 절대로 잊지 않을 것이다. 그후로 몇 년이 지나서도 엄마와 그는 그 얘기를 하면서 웃곤 했다. 그들은 내가 흥이 나서 '기다란 목에 꽂힌 기다란 부리를 가진 왜가리……'를 암송할 때도 그렇게 웃었다. 내 부모님은 최고의 관객이었다. 뭔가 일이 잘 풀리지 않을 때면 나는 자세부터 똑바로 하려 했다.

13

나는 상상한다. 그는 나에게 편지를 쓰기 위해, 내 동생들에게 편지를 쓰기 위해 부엌에 자리를 잡고 앉았다. 제일 먼저 누구에게 쓰기 시작했을까? 그 순간 그의 얼굴은 어땠을까? 그는 편안했을까? 침착했을까? 그래, 나는 그가 아주 침착했을 거라고, 완전히 자유로웠을 거라고 짐작한다. 아주 편한 몸과 마음으로 자유롭게, 종이 위에 읽기 쉬운 글씨체로 글을 써나갈 수 있었을 거라고. 그는 라디오를 켜지 않았던 게 분명하다. 오직 자신에게만 귀를 기울이면서, 떠나기 전에 우리에게 말하고 싶은 것들에 집중한다. 그는 결연히, 자유로운 인간의 완벽하게 논리적인 일관성을 유지하고 있다. 그는 자유를 되찾는다. 명패를 떼어낸 후 그는 자신의 사회적 위치, 자신의 존재 이유를 잃어버렸다. 그가 한 번도 책으로 접해본 적이 없는, 사회학자들이 '증여와 반反 증여'라고 부르는 것, 그 무엇으로도 소멸시킬 수 없는 타인과의 관계를 잃어버렸다. 그는 사람들이 자기를 필요로 하는 것을 좋아했다. 하지만 그는 자신이 누군가의 도움을 필요로 하는 존재가 되는 걸 용인할 수 없었다.

그는 글을 쓴다. 그는 그 자신이다. 내 생각에, 그에게 그 순간만큼 행복했던 적은 없었을 것 같다. 그 모든 무게로부터 벗어난 그는 자유롭다. 이제 쓰기만 하면 된다. 마치 오선지처럼 규칙적이다. 그는 곧 죽을 것이다, 죽음을 두려워하지 않으므로. 그는 폐가로 변한 집 안에 혼자 있다. 어쩌면 멀리서 개 짖는 소리가 들려올지도 모른다. 하지만 그는 몸을 떨지 않는다. 그의 개들은 죽어서 땅에 묻혔다. 파르타스, 방, 타크, 꿈을 꾸면서 비명을 지르던 그의 사냥개들, 허공을 긁어대던 개들의 앞발. 그에게는 오직 한 자루의 총과 탄약통밖에 남지 않았다. 작별 편지를 써나가면서 우리의 얼굴을 마음속에 그려보았을까? 그리고 우리 중 누군가가 그 순간 그에게 전화를 걸었다면, 태연히 전화를 받았을까? 전화를 받으면서 목소리를 가다듬었을까? 속마음을 감추고 화창한 날씨 이야기를 하고 나서 자기가 하던 일로 되돌아갔을까? 그가 튀니지를 떠올렸을지, 아직도 삶에 매달릴 만한 최소

한의 뭔가를 머릿속에 그려보았을지 생각해본다. 분명히 그러지 않았을 것이다. 그는 불평하지 않고 냉철하게 행동했다. 게다가 무엇에 대해 불평한단 말인가? 그는 멋진 인생을 살았다. 그는 삶의 정점에서, 건강이 양호할 때 생을 끝내려 한다. 죽음은 그를 초연하게 만든다. 그는 노화가 자신을 침식하도록 내버려두지 않을 것이다.

14

오늘 나는 내 책들 속에서 그를 되찾는다. 그곳에서, 잉크와 종이 냄새에서, 페이지가 넘어가며 일으키는 가벼운 바람에서 그는 되살아난다. 한 편의 소설은 글로 표현한 마음속 깊은 감정과 느낌, 삶의 단편들이다. 글을 쓸 때는 자신이 무엇을 쓰고 있는지 전부 알지 못한다. 앙드레 지드는 그 사실을 알고 있었다. 그의 말이 맞았다. 어린 시절의 나는 내가 아버지를 불멸의 존재로 만들 거라고 짐작이나 할 수 있었을까? 페이지를 넘긴다, 라는 표현은 나에게 새로운 의미가 된다. 페이지를 넘기면서 나는 그에게 다시 생명을 부여한다. 페이지를 넘긴다는 것, 그것은 사라지게 한다는 말의 반의어다. 그것은 다시 살아나게 하고, 하나의 목소리를 소생시키는 일이다. 그의 목소리, 그의 형체, 그의 시선, 무뚝뚝한 침묵 가운데 그의 상냥한 본성을.

나의 첫 소설 『로셸』을 기억한다. 나는 아버지에게 표지로 쓸 그림을 찾아달라고 부탁했다. 그는 아주 단순한 엽서, 바다를 흰색으로 표현하고 라 로셸 항구의 탑들을 하늘색으로 그린 수채화를 찾아냄으로써 자신의 임무를 완수했다. 그전에 나는 소설 『로셸』에서는 바다가 사라져간다고 아버지에게 이야기해주었다. 그리고 바다는 무無 한가운데에 좌초한, 금방이라도 허물어질 듯한 돌로 만든 배 같은 오래된 탑들을 남겨둔 채 정말로 사라졌다고. 말﹍은 금이다. 인간의 말은. 내 아버지는 활자가 아니라 말과 친숙한 사람이었다. 그는 글을 쓴 적이 거의 없다. 그래서 어쩌다가 쓰는 그의 글씨는 악센트 부호들이 비죽비죽 늘어서고 구두점들이 흩뿌려진 불연속적인, 하나의 납작한 직선에 불과해 보였다. 그것은 때때로 아주 어렵사리 해독해야만 하는 일종의 악보였다. 그가 나에게 쓴 마지막 글은 예외였지만. 그 글에서 그는 처음으로 나를 위해 평상시 쓰던 모스부호나 아랍어, 내가 모르는 어떤 음악적 분절법같이 종이 위에 급히 휘갈겨 쓴 듯한 비스듬한 글씨체를, 그리고 전보문처럼 간결한 글씨의 그 날카로운 모서리를 둥글고 매끄럽게 다듬었다. 그런 것에 전혀 무관심했던 그였는데. 내가 그에게 『로셸』 한 권을 건네준

날, 그는 한참 동안 그 표지, 그의 표지를 뚫어져라 바라보았다. 그리고 그 이름, 아주 커다랗고 근사하게 인쇄해서 되돌려준 그의 이름을. 이름과 명성. 탄생과 감사. 그는 책들에다 자신의 환자들 그리고 테니스를 함께 치는 친구들 이름을 각각 적어 사인을 해달라고 했다. 그리고 그가 은근슬쩍 흘려주는 정보(이 사람은 지금은 장사꾼이지만 옛날에는 해군대장을 지냈다, 이 사람은 자전거로 하루에 백 킬로미터나 달린 사람이다……)에 따라 내가 책마다 어떤 메시지를 적는지 옆에서 지켜보며 만족스러운 듯 눈가에 주름이 잡히는 미소를 띠고 있었다. 그는 소설『로셸』에서 오래된 도시의 상점가에서 낚시 도구를 파는 상인이자 부성애의 상징인 에티엔 뒤파티라는 인물이 바로 자신이라는 것을 알아보았다. 그는 그게 부끄러워 얼굴을 붉혔다. 그의 친구들은 그가 소설의 주인공이 된 것을 축하했고, 그는 겸허하게 좋아했다. 말없이 조용한 행복을 드러내는 그의 눈은 평소보다 더 강렬하게 반짝이고 있었다.

나는 내가 막 서른을 넘겼을 때 쓴 글을 다시 읽는다. 내 삶에서 처음으로 만난 남자에게 바치는 오마주.

나는 에티엔을 사랑한다. 거침없이 선언한 이 사랑의 의미를 오해하지 마시라. 나는 지금의 아버지가 내 인생에 등장하기 이전의 텅 빈 공허 속에서 그 사랑의 의미를 끌어낸다. 리나를 유혹하기 전에 그가 정복한 건 바로 나였다. 그는 나를 능수능란하게 다루었다. 만일 그가 나를 길들이지 못했다면, 이전의 다른 남자들처럼 나는 그를 거부하고 쫓아버렸을 거다. 어른들은 아이들의 시선을 결코 충분히 경계하지 않는다. 내 눈길은 무시무시했다. 나는 처음에 우리 두 사람이 서로를 사랑한다고 생각했다. 그리고 그는 나를 기쁘게 해주려고 리나의 발아래 무릎을 꿇고 청혼을 했다. 그는 귀족처럼 기품 있게 위엄을 보일 줄 안다. 지금 나는 오로지 연인으로서의 그에 대해 말할 수 있을 뿐이다. 이건 당신에게 우스꽝스럽게 보일 것이고, 어쩌면 당신을 당혹스럽게 만들 것이다. 하지만 내가 달리 행동하기를 기대하지 않길 바란다.

나는 『로셀』에서 내가 아버지를 낚시 도구뿐만 아니라 사냥총까지 파는 상인으로 만든 것을 새삼 발견하고 당혹스러웠다.

그리고 그 책의 마지막 부분에 나오는 이 단락.

그 장면은 지워지지 않는 잉크로 내 기억 속에 기록되어 있다. 나는 침대에 드러누워 『여섯 친구의 모험』을 읽고 있었다. 문 손잡이가 돌아가더니 에티엔이 들어와 내 곁에 앉았다. 그는 순진한 사람들이 어린아이를 대할 때 때때로 그렇듯이 굉장히 어색해하고 수줍어했다. 그는 두 손을 비비다가 어린 폴을 쳐다보며, 내가 정말로 원한다면 내 아버지가 되어주겠다고 말했다. "날 아빠라고 불러도 돼. 넌 내 성을 가지게 될 테니까." 그는 소년의 뺨을 톡톡 치고는 자리에서 일어났다.

내 강박관념은 계속 이어져내려와 그로부터 십삼 년 후 『코르사코프 증후군』에서 마치 치유되기를 원하지 않는 병처럼 되살아났다. 여기서 내 아버지는 에티엔이 아니라 마르셀로 불린다. 그는 라 로셸 인근 마을에서 굴 양식을 한다. 그리고 내 어머니는 여전히 리나라는 이름으로 불린다. 『로셸』에서의 격정적인 첫 만남을 그대로 재현한 것 같은 한 단락, 여전히 동일한 소용돌이 주위를 맴도는 강박관념, 즉 사랑의 현기증이 그대로 나타난 단락, 그 단락은 다음과 같다.

잠자리에 누워 리나의 입맞춤을 기다리고 있던 어느 날 저녁, 프랑수아는 딱 벌어진 어깨와 햇볕에 그을린 피부, 검은 눈과 머리칼, 엄청나게 큰 손을 지닌 그 굴 양식업자가 나타나는 것을 보았다. 프랑수아는 바다가 자기를 데려가기 위해 방 안까지 들어온 것처럼 느껴졌다.

그건 아주 간단했다. 마르셀은 자기가 아빠가 되어주기를 정말로 바라느냐고, 자기가 리나와 결혼하기를 바라느냐고 아이에게 물었다. 마르셀은 아이들을 대하는 것에 완전히 서툰 사람이라 뜸을 들이기보다는 단숨에 모든 걸 말하는 게 더 좋을 것 같아 내친김에 계속 말했다. 프랑수아가 원한다면 앞으로 그의 성은 시뇨렐리가 될 것이고, 그렇게 해서 우리 세 사람은 한 가족이 될 거라고.

그 장면이 다시 떠오릅니다. 우리는 수영복을 입고 함께 니윌쉬르메르*의 반짝이는 바위 위에 있습니다. 당신의 피부는 타바르카**의 멧돼지처럼 짙고, 나 역시 햇볕에 검게 그을렸습니다. 해초가 뒤덮인 바위 위에서, 아버지와 아들인 우리는 서로를 닮았습니다. 제가 진심으로 당신을 아버지라고 부른 지는 그리 오래되지 않았지만, 그래도 그건 제게 영원과도 같습니다. 당신의 노력은 성공을 거두었습니다.

---

* 프랑스 남서부 샤랑트마리팀의 해안 마을.
** 튀니지 서북부의 해안 도시.

15

내가 쓴 글을 다시 읽어볼수록 나는 그와 더욱더 깊이 연결된다. 자기 글을 언급하고 인용하는 건 좀 뻔뻔한 일이다. 이것이 가장 정확하게 그에게 접근할 수 있는 유일한 방법이 아니었더라면 나는 이처럼 내 글을 인용할 생각을 결코 하지 않았을 것이다.

『불안정한 영토』에서 내 아버지는 하나의 은유로 모습을 드러내고 있다. 이 소설은 팔다리 때문에 고통을 겪는 스무 살 난 젊은이와 세심한 배려로 환자를 돌보는 신비로운 인물인 '신체 조율사'를 서로 대비시키고 있다. 그 신체 조율사는 자기 자신을 다음과 같이 정의내리고 있다. "피아노 건반을 너무 세게 두드려 느슨해진 음정을 피아노 조율사가 다시 탄력 있게 만들어주는 것처럼 나는 근육과 척추뼈를 조율한다. 조율, 그게 나의 인생이다. 사실 나는 이보다 더 인간적인 일은 알지 못한다." 이 부분에서 내 아버지의 모습이 그대로 드러난다. 그의 눈에서 손으로 이어지는 혼신을 다한 정성, 손바닥과 손가락 하나하나에 완전히 몰입한 뜨거운 시선. 나는 그 물리치료사를 놀란 눈으로 바라보곤 했다. 물리치료사라는 단어가 과연 정확한 호칭이었을까? 아니면 환자들의 살갗 안쪽이 어떤 상태인지 쉽게 알아볼 수 있는 신통력을 지닌 마법사라고 해야 할까? 나는 바칼로레아를 치른 후 그의 발걸음, 아니 그의 손길을 따라가려고 생각했다. 나는 물리치료 학교 입학시험을 준비했다. 하지만 그러던 어느 날 나는 아버지만큼 손재주가 없다는 것, 또 아버지처럼 손만을 이용해서 환자의 고통을 덜어줄 수 없으리라는 것을 깨달았다. 그 당시 나는 최근에는 물리치료사들이 환자를 손으로 직접 만져서 치료하기보다는 새롭게 개발된 다양한 기구를 이용하고 있다는 건 생각도 하지 못했다. 아버지는 모든 면에서 나의 본보기였다. 환자들을 더 세심하게 관찰하고 한 사람 한 사람을 개별적으로 이해하면서 재활 훈련을 더 효과적으로 해나갈 수 있도록 도와주던 그. 그의 목소리 역시 그들에게 커다란 위안과 격려가 되었으리라.

『불안정한 영토』의 그 지루한 페이지를 다시 읽다보니 그의 새로운 면모가 드러난다. 그 조율사를 신뢰하는 젊은 여주인공 클라라 베르너의 눈을 통해 나는 내 아버지의 치료실로 돌아가 그가 말하는 소리를 듣는다. 그건 내가 그에게 빌려준 말이다. 그는 그런 말을 한 적이 한 번도 없으니까. 하지만 그 말은 그가 의술을 행할 때 그 표정에 배어들어 있었다. 그리고 그 말은, 내 머릿속의 어두운 밀랍에 새겨진 것처럼 틀림없이 환자들의 살갗에도 각인되었을 것이다.

어디서부터 시작할까? 클라라의 눈으로 본 내 아버지의 치료실, 지금 여기는 그곳이다. 나는 그곳에 있다.

그의 치료실은 쇠창살이 쳐진 벽에 도르래와 노끈이 불안정하게 매달려 있을 뿐, 거의 텅 빈 공간이었다. 한쪽에는 밀랍으로 만든 인체 해부 모형이 놓여 있었는데, 살갗을 드러낸 채 색이 칠해진 울퉁불퉁한 근육은 단단하기로는 축제 때 파는 박하사탕 같고, 부드럽기로는 둥근 실뭉당이 같았다. 바닥에는 모래가 채워진, 크기가 각기 다른 순록가죽 자루들이 늘어서 있었다. 곁에 표시된 숫자를 보고 안 거지만, 아무리 무거워야 이 킬로그램이 넘지 않는 작은 아령들도 눈에 선하다. 한 곳에 잔뜩 쌓여 있는 둥근 쇠고리는 추로 사용되는 것들이었다. 그리고 테니스공도 있었다. 나는 그 공들이 뻣뻣해진 목을 얼마나 풀어줄 수 있는지 아직 잘 몰랐다. 나를 얇은 스펀지 매트리스 위에 눕히고, 마사지 오일을 바른 따뜻한 손바닥으로 내 등을 가볍게 문지를 때 조율사가 메디신볼 위에 앉아 있다는 것도 치료를 여러 번 받아보고 나서야 비로소 알아차릴 수 있었다. 아몬드기름과 장뇌유 향기가 방안 가득 피어오르고 있었고, 두 개의 코너 램프가 은은하게 비추고 있었다.

한쪽에 외따로 놓여 있는 밀랍 해부 모형, 순록가죽(이 소설의 배경은 노르웨이다……), 이것은 사십오 년 동안, 그러니까 거의 평생 동안 아버지의 생활 배경이었다.

이 소설을 쓰면서, 클라라의 상처 입은 몸과 마음이 만들어내는 그 '불안정한 영토'를 편력하면서 내가 내내 생각했던 건 바로 그였다. "난 처음에 그의 손만 봤어. 단단하고 큼직하고 엄지와 검지 사이가 넓게 벌어지는 손, 아주 섬세하면서도 힘이 있는 손, 꿰뚫어보는 손이라고 말해야 해. 그의 길고 섬세한 손가락은 마치 눈이 달린 것처럼 뭐든 훤히 볼 수 있는 것 같았으니까"라고 말하는 클라라의 시선을 통해 아버지의 손을 묘사했다. 이

문장들은 몸이 불편한 사람을 발견하면 서슴없이 그들의 고통을 덜어주기 위해 자신의 기를 그러모아 정성을 다하던 그의 손길과 눈길을 가리키고 있다.

아버지는 묵묵히, 오직 자신의 숙련된 손으로 환자를 치료하는 것을 좋아했다. 사물들과 인체에 대한 그의 강의 내용은 나도 모르는 사이에 내 머릿속에 새겨졌다. 『불안정한 영토』에서 '조율사'로 화한 그 황금 손을 가진 사나이는 나에게 인간 메카노*의 비밀을 남김없이 가르쳐주었다. 움푹한 오금, 불거진 융추, 단련시켜야 할 근육, 잡아 늘여야 할 근육, 조여줘야 할 근육, 풀어줘야할 근육, 복근, 내복사근, 외복사근, 복직근, 족궁과 거골, 선골과 관골, 건, 인대, 피하조직, 신경얼기, 상복부, 복막, 흉터, 압점. 내가 스무 살이 되던 해부터 그는 인체에 대한 지식을 나에게 전수하기 시작했다. 때때로 그는 내 손을 잡고 오랫동안 만졌다. 그 '조율사'의 말을 재구성하자면 다음과 같다. "기억해라……" 그는 '비밀 이야기confidence'(나는 이 단어를 '신뢰confiance'라는 말과 의도적으로 혼동한다)를 털어놓고 싶어질 때면 그렇게 시작하곤 했다. "기억이란 놈은 빈틈이 없어. 기억은 자기가 정

---

* 로봇 인형의 이름.

말로 털어놓고 싶은 것만 털어놓지. 손으로 봐야 한다. 장님처럼 피부를 읽어라. 손에 애정이 깃들어 있어야 해. 연인 같은 힘을 지녀야 한다는 뜻이야. 피부에 압박을 가하는 건 물속에 조약돌을 던지는 것과 같아. 보이지 않는 파동이 생겨나거든. 그러니까 압박이 가해진 곳을 중심으로 질서정연한 원이 생겨나는 거지. 네 손의 촉이 훌륭하다면 그 곡선들을 찾아낼 것이고, 통증의 근원으로 거슬러올라가게 될 거다. 이건 통증을 깜짝 놀라게 해서 마비시키는 기술이란다. 단단한 껍질 안에 허점이 숨어 있는 법이지."

아버지보다 말이 많긴 하지만 어쨌든 아버지의 분신인 그 '조율사'는 근육에 관한 간단한 수업을 계속해나갔다. "인간의 몸에는 오백 개가 넘는 근육이 있다. 그것을 크게 세 가지로 나눌 수 있어. 횡문근, 평활근 그리고 '부채꼴 근육'. 아주 간단해. 횡문근은 인간의 의지에 따라 움직일 수 있는 근육으로, 이두근, 봉합근, 발목의 비장근과 같이 걷고 달리고 달아나는 데 사용돼. 심장도 횡문근이지. 그래서 나는 인간은 자기가 언제 죽을지 스스로 결정할 수 있다고 생각한단다. 한 인간이 제 수명대로 살 경우 일생 동안 심장이 뛰는 횟수는 오억 번이야."

자전거로 장거리를 달리고 돌아온 저녁이면 아버지는 나를 치료실 안으로 조용히 불러들였고, 거기서 아버지는 내 몸에 너무도 놀라운 효험을 불러일으켰다. 기진맥진한 상태로 도착해 샤워를 하고 나면 아버지는 걷는 법을 다시 배우기 위해 끈기 있게 한쪽 발, 한쪽 팔, 한쪽 팔꿈치, 한쪽 무릎을 힘겹게 움직이면서 재활 훈련을 하고 있는 환자의 옆방—그래봤자 커튼 한 장으로 나뉘어 있을 뿐인—에 나를 들여보냈다. 나는 팬티와 티셔츠 바람으로 배를 깔고 엎드려 누워, 아버지가 나의 뭉친 근육과 아픈 허리를 풀어주기 위해 부드러운 아몬드기름 병을 들고 들어오기를 기다렸다. 그리고 옆방에서 들려오는 아버지의 조용하고 단호한 목소리를 들었다. 천천히 일어나세요, 천천히 굽히세요, 천천히 펴세요. 천천히, 천천히, 천천히. 그건 음악 없는 음악 수업 같았다. 손을 더 부드럽게, 조화롭게 움직여보세요. 그러다 잠들어버린 적도 있었다. 치료는 계속되었고, 그의 말들은 잠든 내 머릿속으로 스며들어오고 있었고, 습포 냄새가 황마나면으로 된 얇은 커튼 너머에서 올라왔다. 다시 천천히 일어나세요, 천천히. 나는 천천히 깨어났다. 마룻바닥이 삐거덕거려 환자는 구두를 손에 든 채 발끝으로 걸어나갔다. 아버지가 다시 내가 있는 방으로 왔다. 그리고 아버지가 늘 똑같은 그 질문을 나에게 던지는 동안, 내 살갗과 근육은 다시 비단처럼 부드러워졌다. 몇 킬로미터나 달렸니? 바람이 불더냐? 누구누구 참가했어? 마을 간 스프린트 때는 어땠니? 이겼어? 자전거를 타다 넘어진 거니? 정확히 어디가 아파? 그는 내 대퇴골, 삶은 마분지처럼 우툴두툴한 내 무릎을 섬세하게 주물렀다. 그러고는 더이상 말을 하지 않았다. 자전거 경주에서 우승해 노란색 셔츠를 입어보는 것이 일생일대의 꿈인 나의 면도된 두 다리 위로 오일을 바른 그의 손이 지나가는 무딘 소리밖에 들리지 않았다. 스무 살에 사고로 산산조각나버린 꿈. 하지만 열다섯 살의 나는 아직 그 꿈을 투르말레 고개처럼 굳건히 믿고 있었고, 아버지는 그런 나를 전혀 말리지 않았다. 당신의 아들인 내가 자신의 한계를 뛰어넘고 더 높은 곳을 향해 도전하려 한다는 사실, 기개와 의지를 단련하고 있다는 사실에 그는 아주 흡족해했으니까. 그는 몇몇 추억들을 떠올리곤 했다. 1960년대에 투르 드 라브니르의 젊은 레이서들에게 우연히 마사지를 해주었던 기억. 그는 나의 조율사였다. 육체와 정신의 조율사.

경주 당일이면 그는 세심히 주의를 기울였다. 투우사 신발처럼 밑창이 아치형으로 휜 사이클 신발의 끈은 그래도 내가 직접 매게 놔두었지만, 내가 탈 자전거 정비는 당신이 도맡아 하면서, 타이어 공기압 측정기의 바늘이 숫자 7에 닿을 때까지 나무 손잡이를 세차게 내리눌러 타이어에 공기를 팽팽하게 주입했다. 그가 바퀴를 고정시키고, 변속기, 브레이크, 핸들, 페달에 달린 토클립의 가죽끈을 점검하고, 시원한 물을, 추운 날씨에는 꿀을 넣은 달고 뜨거운 차를 물통에 담아 준비하는 동안, 나는 그가 애지중지하는 라다(그리고 이 공산주의 자동차로 그의 이름이 마르크스인 것을 정당화하는……)의 활짝 열린 트렁크 안에 그대로 앉아 있었다. 출발하기 전에 나는 따뜻한 로션으로 마사지를 받는 호사를 누렸다. 그는 내 근육을 깊이 자극하기보다는 가볍게 두드려주었다. 그건 내게 기운을 북돋워주었다. 내가 우승할때면 그는 내심 기뻐서 어쩔 줄 몰라했지만, 사실 내가 이기건 지건 그런 건 그에게 별로 중요하지 않았다. 그에게 중요한 것은 내가 있는 힘을 다해 덤벼들어 침착하고 대담하게 경기에 임했느냐 하는 것이었다. 그는 내가 스무 살 무렵 그냥 뛰어난 사이클선수와 자전거 경주에서 우승할 수 있는 진정한 명선수의 간극을 나 스스로 확인하게 했다. 그는 의지만으로는 재능을 따라갈 수 없다는 걸 알고 있었다. 그는 결코 미온적이거나 무성의한 태도로 내 꿈을 깨부수지 않고, 현명하게도 내가 스스로 그걸 발견하게 해주었다. 그럼으로써 그는 오히려 자신의 목적을 훌륭히 달성했다. 나에게 열정을 물려주려는 목적을.

16

내가 그를 마음속에 다시 생생하게 떠올린 건 바로 자전거를 타고 가면서였다. 7월 어느 날 아침, 마레 푸아트뱅을 가로질러 자전거 드라이브를 하던 중에. 바캉스 첫날이었던 그 전날, 그가 살던 마을을 지나던 나는 멈추지 않고, 그쪽으로 눈길 한 번 주지 않은 채 그 앞을 지나쳤다. 약간 울컥한 기분이 들었지만, 단지 그뿐이었다. 슬픔에 사로잡히기에는—아니면 슬픔에 빠져들기에는—날씨가 너무 좋았다. 처음으로 그가 그곳에 없을 것이고, 그 집에서 아침 일찍 내게 전화를 걸어 "그래, 도착들 한 거냐?"라고 즐거운 목소리로 묻지 않을 거라는 생각이 느닷없이 솟구쳐올랐다. 그가 없는 첫 여름일 것이고, 이제 그의 부재에 익숙해져야 할 터였다. 하지만 길목에서 계속 망을 보고, 손녀들을 기쁘게 해주려고 유리문 너머로 모습을 불쑥 드러내면서 "어, 어, 어이, 우리 미녀!" "아, 아, 아! 우리 예쁜이!" "안녕 우리 암탉!"이라고 말하는 그의 갑작스러운 방문을 기대하게 된다. '깜짝 선물을 해주려고' 숲에서 나오는 촌사람의 보잘것없는 어휘. "할아버지가 나더러 '우리 암탉'이래!" 조에는 재미있다는 듯 킥킥 웃으며 꼬꼬댁거리곤 했다.

그래서 오늘 아침, 나는 마치 만화 속 불쌍하고 외로운 카우보이 러키 루크가 자신의 말 졸리 점퍼 위에 올라타듯이 나의 '지미 캐스퍼'(2001년 '미디 리브르' 대회 때 프랑스 스프린터에게서 선물받은 자전거)에 올라타고 라 로셸과 마랑 사이의 예인로*를 따라 작은 내포와 수문, 사이펀 들을 통과하는 그 광대한 식물 도관을, 늪지대를 가로질러 달린다. 측면으로는 바람을 맞으며, 마음속에 단단히 감춰둔 추억이 샤랑트 초목 속의 엘프들처럼 불쑥불쑥 나타나는 가운데. 나는 운하를 따라 페달을 밟는다. 아버지가 마지막으로 마음껏 페달을 밟았던 곳과 가까운 그 풍경 속에서. 그도 나처럼, 추수가 끝난 황금빛 밀밭 속에 회색 점 같은 잿빛 왜가리의 힘겨운 비상이나 물결 위에 오만한 흰

---

* 벌채한 목재를 숲에서 끌어내기 위해 만든 길.

빛으로 위풍당당하게 앉아 있는 저 백조, 또는 몸을 부르르 떨며 물에서 주둥이를 내미는 저 장난꾸러기 수달, 가브로슈의 모자*를 닮은 봉오리 위의 수련 잎사귀를 보았을까? 종달새들이 파닥거리는 소리를 들었을까? 그는 바로 이 도로를, 아니면 훨씬 더 높이 브니즈 베르트를 향해 단숨에 달려갔고, 바로 이 시골길, 마치 타박상을 입은 혈관처럼 태양 아래 파리해진 이 아스팔트 길 위에서 엄청난 속도로 전력질주하기 위해 자신에게 용기를 불어넣었던 게 분명하다. 바로 이곳에서 그는 언제나 세상의 아름다움을 만끽했다.

나는 꼬마 유령 캐스퍼와 똑같은 이름을 가진 내 자전거의 페달을 밟으면서, 7월의 햇살 속 서늘한 그늘을 눈으로 좇으며 당신을 찾는다. 나는 당신이 몹시 좋아했을 해바라기밭을 가로지른다. 인간존재의 지상의 증거인 태양들의 기적적인 증식. 당신의 신념에 어울리는 건 바로 이것이다. 작고 투명한 구름들이 목동을 찾아가는 하얗고 곱슬곱슬한 양떼처럼 창공을 지나간다. 꿈처럼 아름다운 이 자연의 풍광과 이제 더는 이곳에서 당신을 볼 수 없다는 슬픔 속에서 페달을 밟는 희열. 내 기억은 더듬거

---

* 빅토르 위고의 『레 미제라블』에 등장하는 소년 가브로슈가 쓰고 다니던 헌팅캡.

린다. "에릭, 그들은 일 분 거리에 있어. 넌 충분히 따라잡을 수 있어!" 이건 당신 목소리다. 당신은 아직 젊다. 한 손에는 초시계, 다른 한 손에는 물통. 내가 선두로 달릴 때는 가벼운 미소와 부드러운 눈길, 게으름을 피우며 시간을 보낼 때는 잔뜩 찌푸린 얼굴. 경주의 날들. 추월의 날들. 당신은 엄숙하게, 마치 도로 가장자리에 심긴 나무처럼 우뚝 서서, 선두 그룹이나 후미 그룹과의 간격을 나에게 알려준다. 우승하려면, 또는 패배하지 않으려면 얼마나 더 빨리 달려야 하는지. 열다섯 살 나이에 그것은 명예의 문제, 사느냐 죽느냐의 문제였다.

당신 덕분에, 주일은 경주자의 날이 되었다. 마을의 경쟁자들 사이에서, 마레의 탑들, 방데나 샬로스의 울퉁불퉁한 언덕들 위로, 도로의 하얀 선 위로 높이 솟구치는 영광의 악마처럼 페달을 밟으러 가기 위해 미사와 지루함에서 해방된 그런 날. 당신은 항상 그곳에 있었다. 내 앞 또는 내 뒤에. 그 공모의 침묵, 나를 지지하고 자극하던 당신의 눈길 속에서만큼 우리가 서로를 완벽하게 사랑한 적은 없었던 것 같다. 이를 악물어 바람을 씹고, 피를 토하는 기침을 해야 한다고 나를 부추기던 그. 그래야 사이클선수가 될 수 있다, 내 아들아.

당신은 마음속으로 나를 사랑했다. 마치 사물들의 질서를 깨뜨리지 않기 위해 낮게 속삭이는 것처럼, 애정을 겉으로 드러내지 않고. 당신은 아주 은밀하게 나를 사랑했다. 말로 표현하지 않고, 목소리를 높일 필요도 느끼지 않으면서. 그 사랑은 너무도 강해서—명명백백한 사실의 힘—당신은 그걸 동네방네 떠들어대지 않았을 것이다. 이웃들이나 친지들이 경솔하게 말해버리지 않았더라면, 나는 많고 많은 허접한 챔피언 타이틀 중에서도 하필이면 가장 차지하기 힘든 타이틀을 놓고 겨루는 이 아둔한 아들을 당신이 얼마나 자랑스러워하고 대견해했는지 까맣게 몰랐을 것이다. 나는 이렇게 스스로를 위로한다. 당신은 일찍 떠났지만 그래도 당신에겐 나를 자랑스러워할 시간, 당신의 아들들인 우리를 자랑스러워할 시간이 있었다고. 축구의 귀재 프랑수아, 베이스기타를 치는 장, 그리고 당신의 자전거와 만년필로 무장한 우스꽝스러운 아들인 나.

17

　일은 그렇게 내 등뒤에서 일어났다. 헬멧 밑으로 삐져나온 하얀 털, 알록달록 다양한 색깔의 자전거를 탄 경주자들의 무리, 그들은 조르주 심농의 마을인 마르시 입구에서 내게 달려들었다. 날씨는 화창했다. 나는 모퉁이를 돌면서 그들을 알아보았다. 바퀴들이 윙윙거리는 소리, 마치 클래퍼보드를 치는 것처럼 브레이크가 딱딱거리는 소리가 들려왔다. 나는 양어깨에 〈르몽드〉의 약자가 대문자로 새겨진 오렌지색 셔츠를 입고 '미디 리브르' 대회 때의 자전거 여정을 회상하면서 혼자 페달을 밟고 있었다. 그때 한 목소리가 외쳤다. "에릭 아닌가!" 꿀벌처럼 노랗고 검게 도장된 자전거 위에 사뿐히 올라앉은 클로드, 어린 시절 내 머리를 깎아주던 이발사 클로드 아저씨가 티탄 같은 젊음으로 바람이 불어대는 길을 굽이굽이 돌아 가볍고 능숙하게 팔십 킬로미터를 달려온 후 이제 몇몇 친구들과 함께 라 로셸을 향해 질주하는 중이었다. 그가 나에게 악수를 청하며 손을 내밀었다. 두번째 손가락 마디에서 잘린 사이클용 장갑 밖으로 빠져나온 가느다란 손가락들. 다시 속력을 내기 전에, 그는 핸들 위에 두 손을 얌전히 올려놓고 반은 자랑스럽게 반은 장난스럽게 입을 열었다. "난 일흔세 살이라네." 나는 일흔한 살을 넘긴 직후에 앞으로 살아갈 영원처럼 긴 날을 남겨두고 가버린 아버지를 생각했다. 살아 있었더라면 그도 분명히 행동거지가 청년 같은 이 늙은 남자들처럼 페달을 밟고 있었으리라. 이들처럼 요란한 장비와 복장을 갖추지는 않았겠지만.

우리는 인생, 세월, 그의 이발소 근처에 살던 내가 저녁마다 그를 찾아가 자전거의 엄청난 기어비, 대회에 참가한 우승 후보들과 단체들, 투르 드 프랑스와 투르 드 파스파스*를 주제로 대화를 나누던 시절에 대해 이야기했다. 그는 아버지에 관해서는 한마디도 꺼내지 않았다. 옛날에, 또다른 인생에서, 매일 아침 신문을 사러 나간 아버지와 인사를 나누던 사이였음에도 불구하

---

* '마술' '요술'이라는 뜻.

고. 그는 나를 배려해서 입을 다물었다. 내 기억에 클로드는 〈쉬드웨스트〉를 한 번이 아니라 두 번씩 샅샅이 읽는 사람이었으니까. 그는 당연히 알고 있었다. 그는 부고란에서 그 소식을 읽었음이 분명했다. 그게 아니더라도 노인들 사이에서 소문이 돌았을 것이다. 포토 영감, 그는 샤틀레용의 다크호스들을 훈련시켰지. 한겨울에도 공원에서 복근을 단련시키고 모래사장에서 혹독하게 단거리 훈련을 시켰고. 그래서 그 젊은이들은 제발 자비를 베풀어달라고 애걸했지…… 어쩌면 그보다 몇 달 전에 신문을 넘기다가 내 아버지가 파산했다는 소식을 알게 되었는지도 모른다. 내가 라 로셸에 있는 친구를 통해서 그 소식을 들었을 즈음에는 때가 너무 늦어 있었다.

이 여름날들은 마치 내 자전거 바퀴에 붙어 아무리 빨리 달려도 떼어낼 수 없는 그림자처럼 아버지를 떠오르게 한다. 내가 바캉스 별장에서 찾아낸 사진들 속의 그는 항상 눈에 잘 띄지 않는 곳에 있다. 사이클선수 클럽 모임 때 찍은 사진에서는 그보다 키가 큰 두 사람 사이에 얼굴이 끼여 있다. 이 사진에서는 그의 더부룩한 머리털이, 저 사진에서는 그의 얼굴 중 한 부분이 가까스로 드러나 있다. 이때부터 이미 자신의 모습을 서서히 지워나가기로, 발끝으로 걸어 조용히 사라지기로 마음먹었던 게 아닌가

하는 생각이 든다. 조금씩, 바닷물이 빠져나가듯이, 그는 마을 하나 정도의 크기로, 몇 평의 숲 크기로, 테니스 코트만한 크기로 자신의 존재를 점점 줄여가고 있었다. 이제 그는 해수욕을 하지 않았다. 바다를 그토록 좋아했던 그가. 나는 사진에 찍힌 젊은 시절의 그를 떠올린다(그의 젊음은 지금 어디 있을까?). 튀니지의 어느 다이빙대 가장자리에서, 자신만만하게 하얀 이를 온통 드러낸 채 웃음을 터뜨리던 그. 그건 그의 카누 시절이었다. 그리고 그 카누périssoire라는 단어는 나에게 변형되어 되돌아온다. 위험péril, 죽다périr, 사라진péri. 튀니지를 생각하면, 어느 날 아침 기쁨에 들뜬 그의 목소리가 아직도 귀에 선하다. 그날 아침 나는 스팍스 시를 횡단하다가 올리브 나무들이 줄지어 늘어선 더없이 넓은 땅, 조상 대대로 내려오는 과학적 농법에 따라 일정한 간격으로 사이사이 열 맞춰 심어놓은, 은빛 잎사귀가 달린 그 올리브 농장의 광경을 그에게 묘사해주기 위해 전화부스를 찾았다. "너 지금 스팍스에 있구나!" 바로 그 낱말, 모든 게 얼마나 변했는지 확인하게 될까 두려워 다시는 걸어보지 않았던 그의 유년 시절 길 위의 작은 조약돌들. 스팍스Sfax라는 네 개의 철자를 발음하면서 그의 기억 가장 깊은 곳으로부터 어떤 이미지가 떠올랐을까? 내가 그곳에 있다는 사실만으로도 그는 충분히 행복한 것 같았다. 나는 마르크스Marx를 생각한다. 그건 스팍스와

운이 맞는다……

　나는 기다린다. 그의 목소리, 시원시원하고 생기 넘치고 열정
적이며 아주 또렷한 그의 목소리가 들린다. "너 지금 스팍스에 있
구나!" 그런데 아버지, 당신은 지금 어디에 있습니까? 라디오에
서 흘러나오는 영화 〈뱅상, 프랑수아, 폴 그리고 다른 사람들〉
의 주제곡. 그들은 모두 그곳에 있습니다. 옛친구들은 모두 여기
에 있다구요. 오직 당신만 소집에 불응했습니다. 하지만 나는 함
께 탁구를 치자는 내 딸 콩스탕스의 부탁만으로도 당신을 이 풍
경 속으로 되돌아오게 할 수 있습니다. 나는 본능적으로 손목을
꺾어 빠른 몸짓으로 백핸드를 날립니다. 그건 상대의 허를 찌르
는 기술, 백스핀과 함께 당신이 나에게 은밀히 가르쳐준 기술이
지요. 그 백핸드 너머로 내가 마술처럼 되찾는 것은 바로 당신입
니다. 게임을 하는 건 나지만 라켓을 잡은 건 당신입니다. 당신
은 내 몸짓 속에서 되살아납니다. 그게 아니라면 내가 당신의 몸
짓을 통해 당신을 되살리는 걸까요?

18

우리는 보르도를 떠나 바닷가를 향해 갔다. 나는 헤엄을 칠 줄 몰랐지만 새로 생긴 아버지가 나에겐 단단한 지반이었으므로 상관없었다.

우리집은 니윌쉬르메르 마을 한복판에 자리잡고 있었다. 나는 오늘 땅과 바다 사이, 바다와 하늘 사이, 7월의 뜨거운 햇살을 투과시키는 한 겹의 레이스를 이루는 작은 구름들 사이에서 그 작은 시골길을 다시 만난다. 여기서 나는 태양의 공기와 함께 자유의 공기를 들이마셨다. 우리는 늪 한가운데에서 뱀장어를 낚곤 했다. 낚싯바늘 끝에 사탕처럼 뭉쳐놓은 징그러운 구더기에 이끌린 뱀장어는 지체 없이 나일론 줄 끝에서 꿈틀거리며 공중으로 날아올랐다가, 마치 격렬하게 고동치는 심장처럼 아가미를 팔딱대면서 늪지를 뒤덮은 풀 사이에 착륙하곤 했다. 뱀장어로 가득찬 바구니를 들고 집으로 돌아가는 길에 나는 엄마를 위해 들판의 꽃을 따 모았다. 드넓은 유채밭에 파수꾼처럼 서 있는 양귀비를. 들판은 먼 훗날 영광스러운 사이클선수의 탄생을 예언하기라도 하듯 노란색 옷을 입고 있었다. 나는 대뜸 발돋움을 해서 즙으로 과육이 부풀어오른 검은 오디 열매를 찾아 가시덤불 속으로 겁도 없이 손을 집어넣었다. 그러고는 손에 가시가 박히고 여기저기 긁힌 채 목가적인 자유에 취해 자전거를 바닥에 눕혀놓고, 뱀장어와 검은 오디와 꽃을 수확한 것에 행복해하면서 집으로 되돌아왔다. 아니면, 우리가 둥근 가재 그물에 매달아 바다 위에 띄워놓은 붕장어 대가리 함정에 걸려든 반투명한 보리새우들에 흐뭇해하면서 돌아오거나. 우리가 레 섬 앞 작은 항구 플롱의 방파제 위에서 밤새 망보던 그 작은 새우들, 어둠 속에서 반짝이는 그것들의 눈, 그리고 그것들과 똑같이 반짝이는 우리들의 눈.

페달을 밟을 때마다 나는 몇 번이고 유년의 그 시절로 되돌아간다. 그때 나에게는 아버지와 어머니가 있었고, 동생들이 생겼고, 샤랑트마리팀의 그 순수한 하늘, 범위가 한없이 넓어지던 내새로운 놀이터, 그러니까 다양한 색깔의 밭으로 조각조각 기워

지고 화환처럼 한 줄로 이어진 그 마을들이 있었다. 가끔씩 아버지는 우리를 기항지인 몰에 데려가곤 했는데, 그곳은 안전상의 이유로 일반인에게 아직 개방되지 않았던 무역항의 전진기지였다. 우리는 한낮에 그곳에 도착해서, 그 기항지에 정박해 있는 거대한 유조선들, 또는 카메룬이나 콩고에서 들여온 오쿠메, 티크, 자단 같은 고급 목재들, 그리고 부두에 부려놓은 매머드처럼 어머어마하게 큰 화물을 실어나르는 화물 트럭들을 발견하곤 했다. 아프리카코끼리를 돌보는 수의사가 되는 게 꿈이었던 나는 틈날 때마다 자꾸만 그 부두 쪽을 향해 상상의 나래를 펼치게 되었다. 아버지가 밤중에 우리를 그 부두에 데려갈 때면 우리는 심농의 추리소설 같은 긴장된 분위기에 흠뻑 젖어들었다. 다리의 강철 아치 하나하나가 오렌지색 가로등 불빛 속 기분 나쁜 그림자를 수면에 보일 듯 말 듯 비추고 있었다. 빽빽이 들어선 컨테이너는 거대한 옷장처럼 보였고, 멀리 등대의 강렬한 불빛, 레섬의 불빛들이 보였다. 낚시꾼들은 번쩍거리는 비옷 속에 얼어붙은 실루엣을 드러내며 위험을 무릅쓰고 커다란 바위 위를 건너가고 있었다. 날지 못하는 바닷새들의 알껍데기 위에 침전된 녹 색깔로 물들어가는, 요오드 냄새가 나는 그 신비로운 우주 속에서 우리는 행복했다.

그리고 오래된 항구와 화물을 실어나르는 기차역 사이의, 시내 중심가에 있는 앙캉이라 불리는 생선 경매장에 아버지가 나를 데려갈 때도 있었다. 가자미, 숭어, 농어, 껍질 벗긴 아귀, 라 코티니에르 어항의 랑구스틴. 낚시꾼들이 낮에 잡은 고기들은 매력적인 그들만의 언어로 값이 매겨져 팔려나갔는데, 우리는 위로 올라가는 구매자의 눈썹이나 검지나 엄지를 순간적으로 움직이는 판매자의 동작 같은, 그 언어의 비밀을 꿰뚫어보려 애썼다.

검지 혹은 엄지. 언젠가부터 나는 다시 아침마다 악몽에 잠긴다. 게으름을 피우며 늦잠 잘 여유가 있는 일요일 아침에 나를 습격하여 완전히 잠이 달아나게 만드는 악몽. 마지막 장면이 눈앞에 되살아난다. 나는 아버지의 미소, 아버지의 쾌활한 목소리, 그리고 묵묵히 침묵을 지키며 자신의 차 안에 자리잡고 앉은 그 사람을 오버랩시킨다. 그는 조수석의 좌석을 낮추고, 자신의 입속에 차가운 총구를 밀어넣는다. 열 번, 백 번, 3월 11일 이후로 똑같이 반복되는 장면. 그는 검지를 이용했을까, 엄지를 이용했을까? 나는 상상하고 시각화한다. 아마도 엄지였을 것이다. 아버지가 말하던 것처럼 엄지의 볼록한 곡선, 그 손가락 끝의 연한 살이 방아쇠의 오목한 곡선과 만난 게 틀림없다. 방아쇠는 부드러웠을까, 뻑뻑했을까? 총알은 곧바로 발사되었을까? 아니면 그

황량한 주차장에서 아버지는 주변 세상의 마지막 소리를 들으며 한순간 그 자세 그대로 앉아 있다가 천천히, 가차없이 방아쇠를 당겼을까? 그리고 소리는? 메말랐을까, 귀를 찢을 듯했을까, 둔탁했을까? 십 년 전에, 그의 친구 한 분이 세상을 떠났다. 그는 그 친구가 어떻게 죽었는지 상황을 정확히 알고 있는 사람들에게 질문을 퍼부어댔다. 그의 측근들을 불편하게 했던 끈질긴 호기심. 그는 왜 그토록 그걸 알려고 했을까? 일주일이 지나고 이주일이 지나 나 역시 그와 똑같은 '왜'라는 물음을 입술에 담고서 이곳에 다시 와 있다. 아무런 대답도 얻지 못한 채. 그는 잠시 망설였을까? 그리고 총알이 발사되는 순간에 그의 생각들은 마치 아이들의 공이나 비눗방울들이 터지듯 그의 머릿속에서 튀어날았을까? 그는 마지막 순간에 우리를 떠올렸을까, 나를 떠올렸을까, 나를? 그는 빛을 보았을까? '그' 빛을?

나는 엄지와 검지의 동작을 기억한다. 아버지가 방아쇠를 당긴 그 마지막 동작만큼 불가사의하지만 그것보다는 덜 음산한 움직임을. 그는 경매장 바로 옆에 있는 생선요리 전문점으로 나를 데려갔다. 그 음식점은 얼음 위에 엄청난 양의 해산물을 진열해놓고 손님이 직접 고른 생선을 즉석에서 요리해주는 곳이었다. 나는 그중에서 제일 커다랗고 붉은 조개를 골랐다. 눈가에서

부터 시작되던 그의 미소가 눈에 선하고, 그 연체동물을 입에 넣자마자 토할 것 같아 곧바로 뱉어낸 나를 보면서 웃던 그의 웃음소리가 들려오는 듯하다. 나는 하리사*를 처음 먹었을 때 얼굴이 빨개졌던 것처럼 이번에는 얼굴이 새하얗게 질려버렸다. 그 시절에, 행복은 아름다운 색채를 띠고 있었다.

나는 다시 페달을 밟는다. 그리고 지금 이곳은 독일군이 구축한 이래 그 누구도 파괴할 수 없었던 해저 기지로, 스필버그가 〈인디애나 존스〉의 유명한 장면을 촬영하기도 한 곳이다. 나는 거대한 파이프오르간의 관처럼 생긴 밀 보관 창고 앞을 지나고, 루모 해안의 아모코 카디즈 호에서 유출된 원유가 오랫동안 가득차 있던 시멘트 탱크 앞을 지나간다. 나는 열세 살 되던 해 이 해안에서 처음 자전거로 아버지를 앞질렀다. 아버지가 기분좋게 '요괘씸한 녀석'이라고 외치는 소리를 들으면서…… 바퀴가 돌아간다. 이 도로와 풍경은 내 안에 지도처럼 새겨져 있다. 아주 정교하게 세공된 선처럼 새겨진 인생의 선과 기호들.

---

* 북아프리카의 칠리 페이스트.

19

나는 그 순간을 계속 미뤘다. 그러다가 7월 어느 날 해가 저물 무렵, 자전거를 타고 그의 집으로 달려갔다. 하지만 너무 열심히 달리는 바람에 태어나서 처음으로 페리에르로 접어드는 국도의 진입로를 놓쳐버렸다. 그런 멍청한 실수 덕분에 쓸데없이 몇 킬로미터를 더 달려 되돌아와야 했다. 덧문이 닫혀 있긴 했지만 아귀가 제대로 들어맞지 않아 불빛이 여기저기서 새어나오고 있었다. 이미 동생들이 청소를 하고 정돈도 거의 끝내놓은 상태였다. 거실의 희미한 빛 속에서, 나는 제자리에 우뚝 멈춰 섰다. 시신 한 구가 길게 누워 있었다. 머리에는 아무것도 쓰지 않았고 입술은 아주 붉었다. 가까이 다가가서야 그게 어머니가 보르도에서 양장점을 할 때 쓰던 마네킹이란 걸 알아보았다. 하지만 나는 여전히 그게 빨간 입술에 눈을 부릅뜨고 죽은 사람의 시신처럼 보여 당황한 채 한참을 그대로 있었다.

나는 부모님과 함께 이 집에서 살지 않았다. 그들은 내가 파리로 떠나던 해부터 이 집에 살기 시작했다. 나에게는 이곳에 대한 추억이 별로 없다. 두 분은 라 로셸에서 멀리 떨어진 이 시골에 정착한 후 얼마 되지 않아 헤어졌으니까. 아버지는 이 집 한편에 물리치료실을 차렸다. 집안에서 아직까지 사람의 흔적이 남아 있는 유일한 방. 먼지투성이의 쓸데없는 서류들이 잔뜩 쌓여 있는 그의 작업 테이블 언저리에 몇 장의 사진이 남아 있다. 그의 조부모, 그의 아버지, 내 딸들과 조카들, 그의 개들. 짙은 캐러멜색 털을 지닌 독일 포인터종 파르타스, 그리고 파르타스가 낳은 방과 타크.

아버지는 파르타스를 정말 사랑했다. 그는 그 개를 어디에나 데리고 다녔고, 오후에 근처에 사는 환자들의 집으로 방문 치료를 하러 갈 때면 그 녀석을 차 안에—그늘에, 그리고 창문을 살짝 열어둔 채—놔두었다가 치료가 끝나면 그 개가 저린 다리를 풀 수 있도록 오랫동안 산책을 시켰다. 그는 파르타스를 위해 사냥 면허증을 땄다. 그들의 은밀한 대화에서는 멧도요와 메추라기의 체취가 묻어났다. 아버지가 마을 주변에서 파르타스를 산책시키던 어느 날, 자전거에 파르타스의 목줄을 느슨하게 연결한 채 자전거를 타던 아버지에게 사고가 일어났다. 갑자기 눈앞에 나타난 말을 보고 파르타스가 겁을 집어먹어 일어난 사고였다. 파르타스는 아버지가 외쳐 부르는 소리를 들으려 하지 않고 눈 깜짝할 사이에 목줄을 끊고 황급히 대로로 도망쳤다. 달려오던 차는 가까스로 파르타스를 피했지만, 그 차가 끌고 가던 캠핑 트레일러는 개를 피하지 못했다. 아버지는 도로 옆에서 자신의 개를 발견했다. 캠핑 트레일러가 요동을 치며 밟고 지나간 개의 등마루. 그는 파르타스를 품에 안아 들고 낮은 목소리로 말했다. 그 개가 얼마나 아름다운지, 얼마나 좋은 개인지, 얼마나 착하고 영리한지. 하지만 그가 파르타스를 동물병원의 진찰대 위에 내려놓았을 때, 그 개를 위해 할 수 있는 건 고통을 줄여주기 위해 주사를 놓아주는 것뿐이었다. 이틀 동안 아버지는 개 줄을 놓친 것에 대한 자책감과 슬픔에 사로잡힌 채 한마디도 하지 않았다. 잡동사니가 쌓여 있는 책상 위에서 나는 적어도 이십 년은 더 되었을 사진들을 다시 본다. 총을 든 아버지, 사냥을 끝내고 엎드린 그의 개, 반들거리는 막대기 끝에 끈으로 매달아놓은 메추라기 열 마리. 이건 3월에 내가 그의 낡은 차 안에서 갖고 온 사진이다. 깜부기처럼 새카맣고 구불거리는 긴 머리칼을 지닌 아직 젊은 아버지. 그 사고 이후 앙드레 삼촌은 아버지에게 파르타스의 여동생 발랑틴을 선물했다. 아버지가 홀로 슬픔에 빠져 있지 않도록. 발랑틴은 파르타스와 완전히 판박이였다. 온순하고 애교 많고 장난을 좋아하는 암캐를 향한 열렬한 사랑. 이 종은 늙어가면서 눈 주위와 주둥이 아래쪽에만 갈색 털을 남기고 다른 부위는 머리부터 시작해 온통 하얘진다. 이 개들은 아프리카 가면이나 마요트의 마호레족 여자들을 닮았다. 얼굴에 칠한 하얀 분가루 때문에 그녀들은 물에 사는 신처럼 강렬하면서도 신비로워 보인다. 주둥이가 하얗게 변한 늙은 파르타스의 사진은 한 장도 존재하지 않는다. 머리칼이 하얀 내 아버지의 사진이 전혀 존재하지 않듯이.

그의 책상—사실은 책상이라고 할 수도 없는 작은 탁자—위에 예약 환자들의 진료 시간을 기입해놓은 수첩들, 주간 일정표에 반듯한 글씨로 빼곡히 적혀 있는 이름들의 끝없이 계속되는 긴 행렬. 그의 노트들 중 한 권은 2007년 7월의 어느 페이지에 그대로 펼쳐져 있다. 그러고 나서, 모든 게 멈춘다. 명단이 사라지고, 페이지들은 완전히 새하얀 백지다. 이제 더이상 환자들과의 약속이 없다. 덜어줘야 할 고통은 이제 더이상 없다. 그는 바로 그 순간에 자신의 명패를 떼어냈음이 틀림없다. 현기증이 날 정도로 어지러운 시간의 공백. 이제 더이상 아무것도 없다. 주목할 만한 건 아무것도 없다. 그의 종말이 시작되었다.

그는 때때로 작고 네모진 종이에 쿠스쿠스, (아주 많은 얇은 겹으로 이루어진) 파스티야* 같은 요리법이라든가 유제품 등 구입할 재료 목록을 메모했다. 세월이 흐름에 따라 그는 먹고 싶은 것들, 그중에서도 특히 달콤한 음식들을 직접 요리하기 시작했다. 집안을 한창 뒤지던 중에, 인쇄물을 반으로 접어 넣어둔 작은 상자가 눈에 띄었다. 최근의 것이 아니었다. 호기심을 끄는 제목이 인쇄되어 있는 반투명 얇은 종이들. 보르도의 샤르트롱 부두에서 '과학적인 점성술'을 이용해 점을 본다는 여자 점쟁이에 관한 것이었다. 날짜는 전혀 찾아볼 수 없었지만, 그 점괘는 1967년과 그다음해에 해당되는 것들이다. 서른 살이었을 때의 아버지가 별이니 점성술이니 하는 것들에 관심을 가지고 있었다는 건 금시초문이었다. 거기에서 금성인 기질, 즉 감정적인 기질이라는 글귀가 눈에 띈다. 토성인의 회의주의와 의심. 금성인의 타고난 관찰력. 달의 상승궁에서 비롯되는 '생기가 넘치고 감정이 풍부하며 융통성 있고 적응력이 뛰어난' 지성. 그는 생

---

* 밀전병에 고기, 포도, 아몬드 따위를 넣어 튀긴 모로코 요리.

의 마지막 순간에 이 종이를 다시 꺼내 보았던 걸까, 아니면 마치 사이비 종교의 부적처럼 손이 닿는 곳에 항상 간직해두고 있었던 것일까? 몇몇 단락은 특별한 울림을 갖고 있다. '아마도 아들 한 명', 자식운 항목에서 점성술사는 그렇게 적었다. 그가 나를 입양하기 한두 해 전이다. 그리고 붉은 대문자로 이런 글귀가 쓰여 있다. '관공서를 특히 조심할 것(세금, 사회보장금 징수 연합 등등).' 그 경고에 나는 깜짝 놀랐다. 내 아버지의 고질병, 관공서에서 날아오는 우편물에 대한 그의 병적인 공포. 평생 동안 공문서는 절대로 열어보지 않을 정도로까지 발전하게 된 그 병은 그에게 흰색 위의 검은색, 아니 흰색 위의 붉은색처럼 명백했다. 그는 그 병을 잘 알고 있었다. 그 병은 그를 좀먹어갔다. 그 무엇으로도 그 병을 치유할 수 없었다.

더는 지체하지 않았다. 나는 방의 모든 덧문을 다시 닫았다. 그가 물리치료사 명패를 어떻게 했는지는 알 수가 없다. 그걸 관청에 반납해야 했던 걸까? 아니면 그냥 버린 걸까? 차를 몰고 파리로 되돌아오는 길에 나는 한 남자와 그의 어린 아들을 지나쳐간다. 그 남자, 거무스레한 얼굴의 그 남자는 달린다. 그 아이, 7월의 태양 아래 놀랄 정도로 새하얀 그 아이는 온 힘을 다해 페달을 밟는다. 그건 그일 수도 있을 것이다. 그건 나일 수도 있을 것이다. 그들은 거의 사십 년 전의 우리일지도 몰랐다. 라디오에서 앙리 뒤티외의 심란한 첼로 연주곡, 울지 않을 수 없게 만드는 〈첼로를 위한 세 개의 노래〉가 흘러나온다. 내 차의 사이드미러 안에서, 그 남자는 달리고 그 아이는 페달을 밟는다. 그들은 아주, 아주 작아져간다.

20

　이것은 아름다운 이야기다. 자유, 사랑, 존경에 관한 이야기. 이 이야기는 2006년 7월 15일, 라 로셸 근처의 우리 마을 에스낭드에서 나탈리와 내가 결혼할 때 그 모든 아름다움을 한껏 발산했다. 아버지도 그곳에 있었다. 밝은색 옷을 차려입고 활짝 웃는 얼굴로. 그리고 나의 친아버지, 은퇴한 산부인과 의사인 모리스 마망 역시 밝은색 옷을 입고 만면에 미소를 띤 채 참석했다. 마흔 살에 프랑스인이 된 페스* 출신 모로코인인 그, 그리고 망명한 튀니지인인 페리에르의 미셸. 그들은 그 무더운 날 불볕더위 속에서 처음 만났다. 태양이 마치 북아프리카를 환영하고 싶다는

---

* 모로코 아틀라스산맥에 위치한 작은 도시.

듯 그들의 얼굴 위에서 반짝였다.

저녁 무렵, 바다를 앞에 두고 아페리티프를 마실 때 미셸이 모리스에게 다가가 만나서 정말 반갑다고 말했다. 그는 모리스의 손을 잡았다. 모리스는 그가 떠나기 전에 인사를 하는 거라고 생각했다. 하지만 천만에, 미셸은 모리스의 손을 그대로 잡고 있었다. 그건 존경과 애정, 함께 있는 게 마냥 즐겁다는 표시였다. 아프리카에서는 대화를 하는 동안 상대방과 서로 손을 맞잡고 있으니까. 다만 내 아버지는 그저 손을 맞잡은 채 아무 말 없이 상대방이 화를 내려야 낼 수가 없는 진심이 깃든 미소를 만면에 띠고 있었고, 그래서 모리스는 당혹스러워했다. 이제야 나는 미셸의 그때 그 행동은 모리스에게 바통을 넘겨준다는 의미가 아니었을까 하는 생각이 든다. 그의 의미심장한 몸짓. 나는 이제 조만간 사라질 거요, 그러면 모리스, 남은 시간 동안 이 아이의 아버지 노릇을 계속할 사람은 바로 당신입니다, 라는 의미의.

내 결혼식에 참석한 두 명의 아버지, 내가 태어나던 날에는 한 명도 없었던 아버지. 열일곱 살에 임신을 하고 미혼모가 된 어머니. 자기 딸이 보르도의 모로코 출신 유대인 의과대학생의 아내가 되는 걸 받아들일 수 없었던 보수적인 가톨릭 신자인 외할머니에게서 엄격한 교육을 받은 어머니. 그건 내 어머니에게는 끔찍한 이야기였고, 산부인과 의사 학위를 손에 넣고 모로코로 돌아가야 했던 모리스에게도 끔찍한 이야기였다. 모리스는 수천 명의 아이들을 자기 손으로 받아냈지만, 정작 나에게는 백신을 맞힌 후 장난감을 손에 쥐여주었던 그 한 번을 제외하고는 더이상 다가설 수 없었다. 세월이 흐르면서 나는 1960년대 초에 혼자서 나를 키운 내 어머니가 겪었을 고통, 그녀의 용기를 헤아렸다. 열일곱 살이 되어서 처음 실제로 본 모리스가 겪었을 고통 역시 헤아렸다. 그는 얼마 전부터 프랑스에서 살고 있었고, 나는 의사 협회를 통해 그와 연락이 닿았다. 그를 만나려는 게 아버지 미셸을 배신하는 것 같아 견디기 힘들었다. 미셸은 나에게 자신의 성을 주었고 내 어머니 곁에서 나를 길러주었다. 모든 걸 고려하고 모리스를 받아들이게 되기까지는 시간이 걸렸다. 영원히 내 아버지로 남아 있는 미셸, 그리고 내 혈관 속에서 조용히 그 피로서 순환하고 있는 모리스, 갈등 없이 서로 사랑하기 위해서는 내게 시간이 필요했다. 미셸Michel, 모리스Maurice, 두 사람이 공유하고 있는 훌륭함magnifique의 상징인 M.

1977년 그 겨울밤을 다시 떠올린다. 나는 바조주 거리의 치료실에 있는 아버지를 다시 만난다. 나는 그의 마지막 환자가 떠나기를 기다리고 있다. 내가 그에게 말한다. 사실, 아버지는 제 친아버지가 아니잖아요…… 그가 나를 쳐다본다. 그의 눈이 이상하게 빛난다. 나는 그 눈이 그런 식으로 빛나는 걸 한 번도 본 적이 없다. 그리고 그의 광대뼈 언저리가 갑자기 붉게 물든다. 나는 약간 더듬거린다. 어쨌든, 전 저를 낳아준 사람의 얼굴을, 단지 얼굴만 보고 싶어요. 그가 어떻게 생겼는지 보고 싶다고요. 미셸은 흔쾌히 허락한다. 그래, 만나보렴. 이건 자유에 관한 이야기다. 아름다운 이야기, 결국에는. 1977년 그 겨울 아침에 나를 라 로셸 역까지 차로 데려다준 건 바로 그였다. 새벽 첫 기차, 아직도 날이 어두웠고 길은 빙판으로 뒤덮여 있었다. 그의 라다는 아주 천천히 굴러가면서 오른쪽으로 왼쪽으로 미끄러지곤 했다. 아버지, 당신은 천천히 운전을 했지요. 하지만 당신은 내가 그 기차를 놓치는 걸 바라지 않았습니다. 내가 '다른 사람'을 향해 떠나는 모습을 지켜보는 것이 당신을 불안하게 만들었음에도 불구하고. 당신은 아무 말도 하지 않고 자꾸만 바퀴가 미끄러지는 그 빌어먹을 도로를 노려보았지요. 당신은 브레이크와 액셀 사이에서 망설였습니다. 빙판 때문이었습니다. 하지만 틀림없이 제시간에 도착할 테니 나는 불안해할 필요가 없었다. 러시아 차들은 당연히 추위를 겪을 만큼 겪었으니 그 정도 빙판길쯤이야 아무것도 아닐 테니까. 그건 전혀 걱정하지 않았다. 그 기차의 반대편 끝에서, 모리스가 나를 기다리고 있었다. 그를 보는 즉시 나는 그와 내가 서로 닮았다는 것을 알 수 있었다. 아버지, 당신은 나를 잃게 될까봐 두려워했지요. 모리스는 나를 되찾고 싶어했습니다. 하지만 그는 나와 미셸, 당신을 연결하는 끈이 너무도 질기다는 것을 알아차렸고, 그래서 달리 어떻게 할 수 없었습니다. 처음 만났을 때 내가 그를 받아들이려 하지 않자 그 이후 그는 두 번 다시 아무것도 요구하지 않았다. 그는 그런 삶의 지혜, 그런 인간성, 그런 이해심을 갖고 있었다. 쉬운 일이 아니었던 친아버지와의 대면에 익숙해지기까지는 꽤나 시간이 걸렸다. 나는 대체로 뒷걸음질치며 냉담하게 굴었고, 아마도 때때로 잔인하게 굴었을 것이다. 미셸은 곧 마음을 놓았다. 누가 뭐래도 그는 내 아버지였고, 그 무엇으로도 그 사실을 결코 바꿀 수 없을 테니까. 그리고 나서 천천히, 세월이 흐름에 따라, 줄다리기를 하던 나는 모리스에게 자리를 하나 내주었다. 똑같은 자리는 아니었지만, 호기심과 존경, 마침내 애정으로 이루어진 별도의 자리를. 그 모든 것이 결국에는 그 햇빛 찬란하던 날, 내 결혼식 날, 서로 말없이 손을 맞잡은 내 인생의 그 두 남자와 함께 끝날 수 있도록.

모리스와 그의 아내 폴레트는 뮈레에 있는 그들의 집으로 나를 몇 번 초대했는데, 그들의 집을 방문할 때면 내 시선은 어떤 사소한 것에 멈춘다. 현관에 놓인 화분들 위에 거의 아무 생각 없이 걸어둔 듯한 명패가 반짝이고 있다. 모리스 마망 박사, 산부인과 의사. 그건 몇 마디로 요약된 그의 전 생애다. 나는 그 명패를 바라보며 다음과 같이 적힌 또다른 명패를 생각한다. 미셸 포토리노, 마사지 물리치료사.

21

어쩌면 이 모든 것은 나와 내가 사랑하는 사람들, 그를 사랑하는 몇몇 사람들에게만 의미가 있을 것이다. 그것으로 충분하다. 나는 시간이 기억의 안개 속에 있는 모든 것을 집어삼키기 전에 붙잡을 수 있는 것을 모두 붙잡아 간직하기 위해 글쓰기라는 무절제의 대륙을 선택했다. 그건 어쩔 수 없는 운명이다. 그는 그처럼 육신과 태양, 그림자와 찬란함으로 이루어져 있었고, 수면 위로 떠오르는 그 모든 추억, 그 소소한 것들, 그의 억양, 그의 생김새, 그의 시선, 그 선한 심성, 그 위엄, 그 모든 것은 여전히 깊이 뿌리를 박고 살아 있다. 그와의 끈은 끊어지지 않았다. 내가 그를 되살아나게 할 이미지들, 소리들을 태어나게 하는 단어들의 에너지를 통해 생전 모습 그대로의 그를 되찾아내는 한.

내 아내가 새로운 요리를 만들어 내놓을 때면 내 귀에는 끈질기게 권하는 그의 목소리가 들린다. "맛 좀 보렴! 이런, 손도 대지 않았잖아! 어서 맛 좀 보라니까!" 뭐든 간에 그는 항상 그런 식이었다. 폴렌타, 이집트콩 또는 쿠스쿠스 위에 얹은 스망(산패한 버터 소스), 기다란 호박 튀김이나 그가 오븐에 구워 작은 숟가락으로 맛보던 마늘, 그 모든 것들.

오늘, 에스낭드로 돌아가기 위해 차를 타고 라 로셸을 떠나면서, 나는 그의 마지막 길이 되었을 게 분명한 여정을 그대로 따라갔다. 몇백 미터를 가는 동안 나는 내가 분명히 그곳에 있다는 것을 느끼며 그의 입장이 되어보려 애썼다. 신호를 지키고, 고등학교 앞을 지나고, 우회전을 한 뒤에 앞으로 일어날 일들을 염두에 두면서 경찰서 근처에 차를 세웠다. 나는 자전거 전용도로 표시와 '에스낭드 15km'라고 쓰여 있는 초록색 표지판을 눈여겨보았다. 그는 마지막 길모퉁이에 적혀 있는 내가 사는 마을의 이름과 이 자전거 표지판을 보면서 나를 생각했을까? 아니, 그는 그런 소소한 것에 주의를 기울이지 못했을 것 같다. 결국 나로서는 영원히 알 수 없을 것이다. 바보 같은 생각이지만, 마을 이름과 그 작은 자전거 전용도로 표시, 그것은 길모퉁이에 있는 나의 작은 신호, 그의 생각을 죽음이 아닌 다른 곳으로 이끌어줄 수도 있었을 나의 작은 신호였다는 생각이 든다. 나는 정말로 아무것도 아닌 것에 매달리면서 주제넘은 생각을 하고 있거나 아니면 그저 비탄에 잠겨 있을 뿐이다.

나는 도리질을 하며 주차장 쪽은 쳐다보지도 않고 에스낭드 방향으로 직진했다. 그리고 큰일날 뻔했다는 느낌과 함께 액셀을 밟았다.

나는 그의 손녀 콩스탕스가 열 살이 되었을 때 자전거를 타고 바람을 거스르며 레 섬으로 가는 다리를 건넜다는 걸 그에게 말해주고 싶다. 그 아이가 푸앵트 에스파뇰의 거친 물결을 가로질러 갔다는 것을. 네 살 반인 조에가 사람들은 자기가 하고 싶은 일을 하며 살아갈 수 있느냐고 묻는다는 것을 그에게 말해주고 싶다. 늑대의 '우우우!'와 부엉이의 '우우우!'가 같은 건지 묻는다는 것도. 그리고 조에에게 그 차이를 가르쳐주기 위해 그가 어떤 식으로 새로운 울음소리를 만들어냈을까 상상해본다. 그리고 그 아이가 자기 신발 속에 캐러멜을 숨긴다는 것, 자기 방에 그의 사진을 보관하고 있다는 것, 그 아이의 아무 근심 걱정 없는 장난감 상자 속에 그가 계속 존재하고 있다는 것도 말해주고 싶다. 사실 나는 그에게 그 모든 걸 들려준다. 대화는 끊어지지 않왔다. 그는 추억과 꿈을 가로지르는 다른 곳으로 옮겨갔다. 시간을 무한히 확장시키는 곳으로.

그리 오래전 일도 아니다. 어느 여름날 저녁, 그는 천식 발작으로 숨을 제대로 못 쉬는 당신의 첫 손녀이자 나의 맏딸 주주를 끌어안고 웃통을 벗은 채 준 고모 집의 정원을 거닌다. 그는 그 아이를 바짝 끌어안은 채 귀에 대고 조용하고 다정하게, 그리고 침착하게 말한다. 우리 암탉, 숨을 쉬어, 얘야, 숨을 쉬어봐, 그가 말한다. 그리고 아이가 숨을 쉰다. 이제 그는 자신의 작은손녀 엘자의 손을 잡고 있다. 그녀는 작고 말이 아주 많다. 그녀는 그에게 온갖 것을 이야기하고, 그는 예의 그 희미한 미소를 띤 얼굴로 대답하면서 그녀를 쳐다본다. 정말로 수다스러운 아이, 그는 사랑한다는 말을 할 줄 몰라 그저 말없이 그녀를 사랑한다.

22

그 명사를 발음하는 일이 말로 표현할 수 없을 정도로 충격이
었던 것을 기억한다—전에는 한 번도 발음해본 적이 없는, 또
는 그의 부재를 가리키기 위해 타인의 입을 통해 발음되던 그 호
칭. 모든 사람이 아주 어릴 때부터 되풀이해 발음했고 그리하여
명백한 것이 된, 중복되는 한 음절, 아빠*. 거의 열 살이 되어서
야, 그러니까 이미 다 컸을 때에야 나는 '아빠'라는 말을 할 수 있
었다. 처음에는 수줍게, 그다음에는 자신 있게. 그가 동의를 했
으니까, 그건 당연한 거였으니까. 그리고 모든 사람들이 그 말을
들었다. '아빠', 예 또는 아니요, 라고 말하기 위해 '아빠', 단순히

---

* 프랑스어로 '아빠'는 '파파(papa)'다.

나 자신이 그 마법 같은 완전히 새로운 단어를 말하는 걸 내 귀로 듣는 그 기쁨을 위해 '아빠'. 교육, 감정의 재활. 나는 삼십팔 년 동안 그 단어를 발음하는 기쁨을 맛보았고, 그 세월 동안 내가 그에게 전화를 걸 때면 지치지도 않고 되풀이했던 첫마디, 혀끝에 맴도는 나의 암호는 바로 그것이었다. 지금도 그 단어를 속으로 되뇔 때면 내 마음은 기쁨을 느낀다.

23

나는 우리집 차고의 어둠 속에 일그러져 있는 그 커다랗고 파란 비닐봉지에 거의 관심을 기울이지 않았다. 하지만 어느 날 아침, 활짝 열린 문 너머로 햇살이 비치면서 그게 다시 내 눈에 띄었다. 그 비닐봉지, 동생들과 나는 아버지의 차 안에 어수선하게 흩어져 있던 것을 그 비닐봉지에다 한꺼번에 쓸어담아두었다. 나는 조금 두려움을 느끼면서 그 안에 손을 집어넣었다. 그러고는 그 잡동사니 중에서 몇 가지 물건을 끌어냈다. 마구 뒤섞여 있는 그것들은 아버지의 상태가 어땠는지를 상당히 정확하게 요약해주고 있었다. 꽃가루 알레르기를 예방하는 알레르지스 정제들과 코리잘리아 캡슐 한 판. 그리고 지금 이 글을 쓰면서도, 그가 갑자기 말을 중단하고 재채기를 하려다 끝내 하지 못하고 코를 풀고는 하던 말을 마저 하고, 또다시 재채기가 나오려 할 때까지 계속 그런 식으로 말을 이어가던 그의 음성이 아직도 귓가에 들리는 듯하다. 그는 고이 접은 백 프랑짜리 지폐 한 장을 선글라스 다리 아래 끼운 채 함께 케이스 안에 넣어두었다. 폐지가 되어버린 들라크루아.* 그것 때문에 우리가 그의 자동차 등록증을 찾으러 갔던 날 그 집의 모습이 내 기억 속에 다시 떠올랐다. 각각의 방 안에, 먼지를 뒤집어쓴 가구들 위에, 탁자나 찬장 구석들에, 여기저기 더이상 통용되지 않는 옛날 동전들, 일 프랑, 오 프랑, 이십 상팀. 아버지와 돈의 이상한 관계. 그는 작은 조약돌들처럼 흩뿌려진 동전들로 자신의 내부 영역에 경계 표시를 하면서 마음을 놓았던 듯하다. 그는 항상 현찰을 지니고 다녔다. 체크무늬 셔츠의 주머니에 반으로 접은 지폐 몇 장을 넣고 나서야 안심이 된다는 듯 외출하던 그의 모습이 떠오른다. 그는 여러 기관에 큰 빚을 지고 있었다. 하지만 그는 그것을 그다지 대수롭지 않게 생각하는 것 같았고, 그의 삶에서 사십 년 동안 그런 상태가 계속되었다. 서류들은 쌓여갔다. 사회보장금 징수 연합의 공문서와 온갖 종류의 금융기관. 그는 아무것도 열어보지 않았다. 단 한 장도. 그리고 그의 셔츠 주머니에 들어 있는 그 몇 장의

---

* 프랑스의 백 프랑짜리 지폐에는 들라크루아의 초상화가 그려져 있었다.

지폐, 그의 집 네 귀퉁이에 쌓아놓은 그 동전더미는 그가 갚아야 할 산더미 같은 빚에 비하면 너무도 보잘것없는 성벽이었다. 나는 더이상 유통되지 않는 그 지폐를 제자리에 두고 선글라스 케이스를 다시 닫았다. 또다른 지폐, 오 유로짜리 지폐 한 장이 봉지 밑바닥에서 잠자고 있었다. 나는 그 돈으로 어느 날 저녁 라로셸 항구에서 그의 손녀들에게 프랄린 한 상자를 사주었다. 아버지도 그 과자보다 더 좋은 사용처는 찾아내지 못했을 것이다. 나는 마치 그의 낡은 BX를 수리한 세목들 속에서 그의 삶과 특히 그의 죽음에 관한 중요한 단서라도 찾아내려는 것처럼 생소뵈르도니스의 팔시오니 자동차 정비소의 요금 청구서를 펼쳤다. 분명히 아무것도 없었다. 그럼에도 나는 한순간 그 기계 용어들에 사로잡혀 있었다. 그 단어들은 이중의 의미를 지니고 있는 것처럼 느껴졌다. 마치 비자금을 숨겨둔 트렁크의 이중 밑바닥 같은…… 교체된 부품들의 목록은 다음과 같았다. 리턴 파이프. 파이프 연결 고리. 말없는. 조용한 중재자. 배기관 연결 고리. 흘러간 시간의 역학. 조용한 최후의 교체. 냉각수.

이 모든 단어들이 내 눈앞에서 춤을 춘다. 나는 이 단어들 각각을 죽음의 관점으로 다시 배치한다. 조용한, 연결 고리, 빠져나감,* 냉각. 하지만 삶은 거기서 또다른 단어들에 매달린다. 작고 하얀 봉투 겉면에 그가 급히 베껴놓은 아니스 열매를 넣은 케이크 만드는 법. 밀가루 일 킬로그램, 효모 두 덩어리, 설탕 삼백 그램, 달걀 여섯 개, 올리브유 한 잔, 소금, 푸른 아니스. '뜨거운 오븐에'라는 언급과 함께. 뜨겁고 차가운. 그 요리법 옆에는 역장의 시간표에 따라 신에게로 되돌아간 그의 제일 친한 친구 장의 부고장. 열시 십분 영안실에서 출발. 열시 삼십분 라 주네트 성당, 열한시 십오분 니월쉬르메르 묘지. 아버지는 한 시간 만에 그 긴 여정이 끝날 거라고 생각한 게 틀림없었다. 몸을 잔뜩 웅크리고 그 비닐봉지 안에 고개를 들이민 채 물건들을 뒤지던 나는 아프리카 전투 비행 연대 소속의 기마병을 표현한 조각상을 우연히 찾아냈다. 하지만 그 조각상이 아버지의 눈에 정확히 무엇을 떠올리게 했는지는 알 수가 없다. 그의 '작은 비밀 무더기' 중 한 조각. 어둠 속에서 나는 작고 이상한 물건을 꺼냈다. 그 물건 덕분에 그는 사고로 혈관이 터져 마비된 손에 힘과 유연성을 되찾았다. 스펀지로 감싸인 두 개의 막대기를 손아귀에 쥐고 빡빡한 용수철에서 삐걱거리는 소리가 날 정도로 압력을 가하여 그 두 막대기를 서로 맞닿게 해야 한다. 절대로 불평하지

---

* '자동차 배기관'을 뜻하는 원어 'échappement'은 '빠져나감'이라는 뜻을 지니고 있다.

않고 꾸준한 마사지와 함께 엽총의 방아쇠를 당길 그날을 위해 손가락 힘을 회복시켜가는 아버지. 끈기 있게 그 동작을 되풀이하며 재활 훈련을 하는 아버지의 모습을 그려본다. 커다란 몽키 스패너, 크레디 아그리콜 은행의 현금 봉투, 내가 축구와 문학에 관한 책을 그에게 부칠 때 함께 넣어 보낸 내 명함 한 장, 방문 치료를 할 환자들의 전화번호와 주소가 아직도 굴러다니고 있다. 나는 거기서 멈춘다. 나중에, 동생들과 나는 이 알리바바의 동굴을 어떻게 해야 할지 분명히 알게 될 것이다.

24

  그게 방금 내 눈앞에 나타났다. 먼지를 잔뜩 뒤집어써서 흐릿한, 녹청색으로 상감된 글자들. 그게 여기 있다. 하지만 요전번 이 집에 왔을 때는 그걸 전혀 보지 못했었다. 나는 이해해보려 애쓴다. 아버지의 명패는 옛 대기실 입구의 나무 덧문 안쪽에 붙어 있다. 그것은 단 한 번도 원래 있던 자리를 떠난 적이 없었다! 명패는 큰 편지 봉투보다 가로나 세로의 길이가 약간 길까 말까 할 정도로 작다. 동판은 빛이 바래 있다. 헝겊으로 반짝반짝 빛이 나게 닦아주지 않은 지가 아주 오래되었다. 나는 한 친구가 했던 말을 기억해낸다. "자네 부친 집 앞을 지나갔는데, 명패가 보이지 않더군." 그런데 그게 바로 여기에 있다. 네 귀퉁이에 나사못이 단단하게 박힌 채. 미셸 포토리노, 마사지 물리치료사. 주소는 없다. 예약을 위한 전화번호도 없다. 라 로셸의 바조주 거리에서 그가 전성기를 누리던 시절 그 오래된 도시의 하얀 석회 담벼락에 그 명패가 붙어 있을 때, 그때는 지금보다 두 배는 더 위엄 있고 눈부셨던 것 같다. 지금 이곳에서 명패는 거의 눈에 띄지 않는다. 하지만 아무리 그렇다 해도 이걸 내가 왜 보지 못했을까? 곧, 내 가슴을 답답하게 하던 묵직한 뭔가가 가벼워진다. 그래, 그게 눈에 잘 띄지 않았기 때문에 그는 구태여 나사를 풀어 그걸 떼어낼 필요가 없었던 거다. 그는 계급장을 뜯기지 않아도 되었고, 자신의 칼을 부러뜨리지 않아도 되었다. 그는 그걸 떼어내라는 명령을 받지도 않았다. 의료행위를 금지당하긴 했지만 그 누구도 그의 명패가 제거되었는지 확인하러 오지는 않았다.

덧문 안쪽에 고정되어 있었기 때문에 내가 그걸 보지 못한 거였다. 덧문이 닫히는 순간부터 그것은 시야에서 벗어났다. 거리에서 그걸 보려면 그의 집 문이 열려 있고 덧문들도 열려 있어야 했다. 그런데, 3월에 그가 세상을 떠난 이후로 동생들과 나는 그 덧문을 닫은 채 내버려두었다. 그래서 몇 달 전에 자전거를 타고 지나가던 내 친구도 닫혀 있는 이 집을 보았던 거다. "이젠 명패가 보이지 않더군." 씁쓸한 안도감. 그 까닭을 알게 된 것이 기쁘지는 않다. 아버지는 이제 더이상 여기에 없다. 그리고 이제 곧 그 동판의 나사를 뽑아내야 할 사람은 바로 나다. 또다른 친구는 최근 〈쉬드웨스트〉에 실린 기사 하나를 보내주었다. 그 기사에는 아버지가 법원으로부터 개인 파산 선고를 받았다고 쓰여 있었다. 그건 작은 마을의 외딴 거리에 있는 눈에 띄지 않는 명패와는 다른 문제였다. 그건 신문에, 공공연하게 알려진 개인 파산, 신문 사이에 끼워진 일종의 우울한 광고지, 대리석에 새겨진 게 아니라 누구나 읽을 수 있는 종이에 새겨진, 그의 죽음을 알리는 명패였다. 그 누구도 결코 그것을 떼어낼 수 없을 것이다.

25

1989년, 코슨쉬르루아르에서였지요. 내가 책 한 권을 출간한 직후였습니다. 당신이 들판에서 일하는 환자들에게서 때때로 얻어들은 농부들의 세계에 관한 책이었지요. 그 작은 마을의 도서전에 초대받은 나는 뜻밖에도 두 멋진 사람을 만나게 되었습니다. 나는 마치 호적부를 읽듯이 그들의 눈을 읽었습니다. 내 옆에는 눈처럼 하얀 머리칼 속에 온통 알제리와 '하얀 여인' 알제 생각으로 가득찬 쥘 루아*가 있었지요. 그리고 어린아이였던 나를 따뜻하게 맞아준, 그 목소리와 눈길에 깃든 왠지 모를 따스함

---

* 알제리 태생의 프랑스 작가. 알제리에서의 경험을 토대로 한 많은 소설과 수필을 발표했다.

때문에 당신을 닮은 듯한, 거무스레한 살결에 검은 털이 덥수룩한 물루지.*

　때때로 나는 당신들 세 사람을 함께 떠올립니다. 쥘 루아는 계속 알제리를 노래하고, 물루지는 자기가 참전하지 않을 전쟁을 노래합니다. 그리고 당신의 침묵 속에서, 건드리지 않고 그저 가볍게 스쳐지나가고, 소유하지 않고 건드리며 나로 하여금 인생을 자유롭게 살도록 내버려두는 매혹적인 당신의 시선 속에서, 당신은 그대로 말이 없습니다. 하지만 나는 소스라치며 잠에서 깨어나 당신이 죽었다는 말을 느닷없이 되뇌면서, 이제 더이상 존재하지 않는다는 그 막막한 느낌, 그 모든 세월이 산산이 부서졌고, 이제 우리의 추억 이외에는 존속해야 할 중요한 게 아무것도 남지 않은 듯한 끔찍한 기분을 느낍니다.

---

* 알제리 태생의 프랑스 영화배우이자 가수.

26

나는 이른 아침이면 부엌 의자 등받이 위에 걸터앉아, 식탁 위에 갓 구운 빵과 함께 놓여 있는 〈르몽드〉를 발견하곤 했다. 아버지는 마치 세상의 혼돈으로부터 적당한 거리를 두려는 것처럼, 그 신문을 여간해서 펼쳐보지 않으려 했다. 어쩌다 한번 슬쩍 뒤적여볼 때는 있었지만. 그의 비판적인 성향에는 〈카나르앙셰네〉 하나만으로 충분했다. 하지만 그는 법학 공부를 새롭게 시작한 아들, 사이클선수에의 꿈을 잃은 슬픔을 극복하기까지의 과정을 자신이 옆에서 조용히 지켜봤던 그 아들이 호기심을 가지고 세계에 대한 인식을 넓혀나가도록 격려해주어야 한다는 것을 깨달았다. 그래서 1979년 가을, 노란 셔츠와 마사지 물리치료사 공부를 모두 포기한 나는 헌법과 정치경제, 신분 개혁에 관한 두꺼운

달로즈 출판사의 법령집을 읽고, 프랑스 제도의 근간을 흡수, 소화하고, 법의 굽이들 속에 빠져들어 자전거에 불살랐던 시간보다 더 많은 시간을 법학 공부에 투자했다. 내 대학 친구들은 〈르몽드〉 〈르 마탱 드 파리〉 〈르 누벨 옵세르바퇴르〉를 읽었다. 그들은 오로지 월간지 〈미루아르 뒤 시클리즘〉 하나만으로 정신을 함양하고 있던 나보다 모든 면에서 훨씬 앞서 있었다.* 이 핸디캡 경주에서 나는 정신을 개방하고 시사에 관해 보다 깊이 있고 폭넓은 지식을 습득하기 위해 많은 것을 급히 삼켜야만 했다. 아버지는 아무 말 없이, 자신의 방식대로 조용히 헌신적으로 나를 후원해주었다. 틀림없이 신문 가판대가 문을 열자마자 사 갖고 와서 아침마다 식탁 위에 놓아두었을 〈르몽드〉. 그것은 자전거의 세계보다 별로 나을 게 없는 세계(고딕체 대문자 M이 아닌 세계)**의 문제들에 대한 나의 각성에 그가 기여한 바였다. 바로 그해에, 나는 〈르몽드〉에서 이란 혁명과 함께 시아파라는 단어의 의미를 배웠다. 그리고 한국 조선소가 프랑스 조선소를 도산시키고 있다는 것도 알게 되었다. 나는 그 모든 기사를 나에게 더 매력적이고 흥미로운 것으로 만들기 위해 읽고, 오리고, 만능 풀로

---

* 앞에 언급된 세 신문은 시사 종합 일간지인 반면, 〈미루아르 뒤 시클리즘〉은 자전거 경기를 전문적으로 다루는 잡지다.

** '몽드(monde)'는 '세계'라는 의미다.

붙였다. 나는 분류하고, 밑줄을 긋고, 열심히 공부했다. 그리고 마치 빠져버린 자전거 체인을 다시 끼워넣곤 했을 때처럼 기사를 끊임없이 잘라 재배치하느라 손가락 끝에 늘 검은 잉크를 묻히고 다녔다. 나에게 길을 열어준 아버지의 단단한 손으로 은밀하게 전달된 그 신문은 빠르게 나의 신문이 되어갔다.

그가 처음으로 내 성, 그의 성이자 내 성을 1981년 11월 〈르몽드〉에서 읽었을 때 그의 얼굴에 떠오른 미소, 어린아이처럼 기뻐하던 그의 모습이 눈에 선하다.

27

아버지의 정원 안쪽, 거미집 한가운데에는 금방이라도 무너져 내릴 듯한, 벽돌로 지은 작은 가건물이 잠들어 있다. 거기서 나는 안장과 핸들에 걸려 거의 몸이 붕 뜬 상태로 넘어질 뻔하다가 나의 트랙 자전거를 발견했다. 빨간색 프레임, 노란색 접합부, 시트튜브에 새겨진 무지개색 데칼코마니, 월계수가 그려져 있고 '캄피오네 델 몬도'라는 글자가 새겨진 치넬리 핸들 바. 녹이 잔뜩 슬고, 타이어는 낡은 뱀가죽처럼 납작해진 나의 옛날 자전거. 나는 쐐기풀에 발목이 따끔거리는 것도 아랑곳하지 않고 자전거를 끌어내 자세히 살펴보았다. 바퀴가 돌아갈 때 녹슨 금속이 만들어내는 작은 음악 같은 삐걱거리는 소리는 나지 않았다. 자전거 경기가 끝나고 열린 저녁 파티에 관한 수많은 추억이 우르르 떠올랐다. 아코디언 악단의 음악, 따뜻하게 데운 포도주, 라 로 셸, 생트, 로슈포르, 앙굴렘, 그 지옥의 회전문들, 그리고 높은 커 브길 꼭대기에는 언제나 서 있던 아버지. 때로는 걱정스레 때로 는 자신 있게, 항상 고요했지만 시선만은 그렇지 않았다. 절대로 그 고삐 풀린 자전거 위로 넘어져선 안 돼. 집에서는 저녁마다 서재에서 이 자전거를 롤러가 세 개 달린 실내 트레이너 위에 올 려놓고 미친듯이 페달을 밟아대곤 했다. 터빈이 윙윙거리며 돌 아가는 소리에 불안해하는 어머니를 아버지는 안심시켜주었다. 나는 스피드 훈련을 위해 더 다리를 굴러 페달을 밟았다……

나탈리와 나는 덧문을 모두 열었다. 그런 다음 나는 눈에 잘 띄는 곳에 놓여 있는 물건들을 처음으로 찬찬히 살펴보았다. 가 구, 내 동생들의 사진들, 아버지의 즉석 사진들, 또다른 가족사 진 몇 장, 프랑수아, 장, 어머니와 나. 그다음에는 투명 비닐 안에 넣어 정성스레 보관해놓은 확대 사진들. 그의 개 파르타스. 그 는 그 개의 사진을 테이블 유리 아래 끼워 넣어 경건하게 보관하 고 있었다. 그 누구도, 심지어 아주 가까운 사람이라 해도 절대 그 사진을 함부로 만져서는 안 되었다! 나는 어둠 속에서 손으로 허공을 더듬다가 금속으로 만든 작은 자전거 경주자 모형을 찾 아냈다. 한데 뒤엉켜 있는 철제 자전거 경주자들. 선수복 상의와

허벅지의 도료가 벗겨져 있지만 쉽게 식별할 수 있는 유령 그룹의 생존자들. 내 심장은 뛰기 시작했다. 니윌쉬르메르의 집 타일 위로 주사위들이 구르는 메마른 딸그락 소리, 똑, 딱, 똑, 딱, 울리는 내 경주자들의 받침돌 소리가 갑자기 들려온다. 타임 레이스, 흐르는 시간을 거꾸로 달리는 경주. 그 부름에 불응하는 레이서는 하나도 없다. 나는 그들의 등에 후 하고 입김을 불어 먼지를 털어낸다. 나는 모든 것을, 각각의 이름을 기억한다. 강 메르시에 팀 유니폼을 입은 (춤추는 자세의) 폴리도르, (안장에 앉아 있는) 조에트멜크, 검정 줄이 그어진 티셔츠 에니 메르크스, 파란색에 빨간 줄무늬 티셔츠 로제 드 블라맹크, 빨간색 소놀로르 팀 유니폼 반 임프, 파란 바탕에 어깨 부분이 노란 티셔츠를 입은 호세 마누엘 푸엔테, 'BIC' 로고가 박힌 주황색 유니폼 루이 오카냐(그리고 야옹거리는 고양이의 높은 등처럼 허리를 구부린 모습의 그의 노란색 복제품). 고요한 집안에서 갑자기 밀려오는 감동이라니. 구름을 뚫고 내려온 한줄기 햇살이 미니어처 자전거의 강철, 회색 펌프, 핸들, 내 마음을 사로잡는 작은 고철더미를 비춘다. 아버지는 일을 마친 후 복도 안쪽으로 들어와, 마치 목걸이에 달린 진주처럼 희고 검은 타일 위에 늘어선 내 경주자들을 조심스럽게 피하면서 "누가 이겼니?"라고 묻곤 했다. 나는 이 모형들이 여기 있었는지 몰랐다. 플러시 천처럼 따뜻하지는 않지만 내 기억 속에서는 아주 포근하고 부드러운 내 어린 시절의 증인들. 영화 〈아멜리에〉의 한 장면이 떠오른다. 한 남자가 금속으로 만든 작은 사이클선수 모형이 들어 있는, 자신의 어린 시절 기억들로 가득찬 상자를 통해 잃어버린 것들을 되찾게 되는 장면. 등장인물 한 사람이 사랑은 투르 드 프랑스 같은 거라고 말한다. 오랫동안 기다리지만 순식간에 지나가버리니까. 큰 수고를 들이지 않아도 이 경주자들을 충분히 되살아나게 할 수 있을 것이다. 따뜻한 물을 뿌린 다음 마른 헝겊으로 닦아주기만 해도. 릭 반 루아가 입고 있는 플랑드리아 유니폼의 붉은색, 강 메르시에 유니폼의 하늘색, 그 시절 내가 테브네에게 특별히 부여했던 노란색을 되살아나게 하기 위한 미니어처용 작은 물감 튜브 몇 개 만으로도. 그리고 낡은 집의 희고 검은 타일 위에 주사위를 한 번 던지는 것으로 충분할 것이고, 그러면 모든 게 비슷하게 다시 시작될 것이다.

나는 내 보물들을 다시 챙긴다. 좀전에 쐐기풀밭에 있었을 때처럼 다리가 따끔거린다. 나는 행복을 느끼지만, 이내 어두운 그림자가 그 기쁨을 뒤덮는다. 내가 이 집에 있는 건 아버지가 죽었기 때문이라는 사실이 그림자처럼 내 기쁨을 덮어 가린다. 그리고 내 마음이 가벼워져 숨을 돌릴 때마다, 어떤 경쾌한 감각이 나를 사로잡을 때마다, 그 생각이 나를 다시 붙든다.

나는 내 친구 에릭 오르세나가 '미셸에게, 애정으로'라고 헌사를 쓴 소설을 다시 발견한다. 이 책의 제목은 『위대한 사랑』이다. 그건 우리에게 정말 잘 어울리는 제목이다.

그리고 라 로셸 루펠라 티켓도 발견한다. 오십 프랑짜리 입장권. 농구 시합 티켓인가? 뒷면에 '이 티켓을 가져오시면 술집 르 뒤페레에서 우정의 술을 제공해드립니다'라는 문구가 쓰여 있다. 나는 농구 경기를 보러 갔다가 저녁에 친구들과 함께 술 한 잔 기울이는 아버지의 모습을 상상해보려 애쓴다. 하지만 그는 농구를 좋아하지 않았고, 술집을 피해 다녔다. 그러니 내 손에 들려 있는 이 종이는 사소한 미스터리다. 그의 방 침대 옆 협탁 서랍 속, 그의 아버지와 자식과 개를 찍은 사진들 사이에 보관된 작은 수수께끼.

어떤 여자 환자가 그에게 책을 여러 권 선물했는데, 그는 그 책들에 몹시 신경을 썼던 것 같다. 특히 그 책들을…… 절대로 읽지 않으려고. 여기에, 마르그리트 유르스나르의 『동양 이야기』, 쥘 르나르의 『일기』 전집, 코란(Coran이 아니라 Koran이라고 표기되어 있다) 한 권, 뤼시앵 보다르의 『만 개의 계단』(이 건 아직 비닐도 뜯지 않았다), 마르셀린 데보르드발모르의 서명 이 있는 시집 한 권, 그리고 슈테판 츠바이크의 『감정의 혼란』 장정본이 있다. 나는 내가 발견한 물건들을 보고 미소를 짓는다. 만일 그가 자신의 장난감을 아주 잘 숨기고 있었던 거라면, 그가 사실은 탐독가였고 그래서 자기 입맛에 맞는 지식들로 자신을 채우고 있었던 거라면…… 나는 오늘 마음이 가볍다. 혼자가 아 니기 때문이다. 내 발걸음에 나탈리의 발소리가 뒤섞인다.

나는 그 책들을 뒤적인다. 그의 흔적을 발견할지도 모른다 는 헛된 기대를 안고. 아무것도 없는 듯하지만 뭔가가 있다. 나 는 유르스나르의 단편집 『동양 이야기』의 첫 작품인 「왕포는 어 떻게 구출되었나」를 그가 좋아했을 거라고 확신한다. 그는 아마 도 별로 복잡하지 않은 인생을 산 그 늙은 화가에게서 자신의 모 습을 보았을 것이다. 그는 사물 그 자체보다 사물의 이미지를 더 좋아했으니까. 그는 "시든 꽃잎들처럼 식탁보를 수놓고 있는 포 도주 얼룩의 그윽한 장밋빛"을 맛보았으리라. 유르스나르에서 쥘 르나르로 건너뛰면서, 나는 아버지가 분명히 즐거워했을 동 물에 대한 묘사들을 우연히 발견한다. "걸어다니는 조약돌" 게, "마치 자신의 부리질에 찢긴 구름 조각을 가져오는 것 같은" 안

개에 휩싸인 새. 그건 표지가 찢어진 내 두터운 우화집에 나오는
인근 늪지의 하숙인, 긴 부리를 지닌 왜가리가 아닐까? 그리고
쥐죽은듯 고요한 집안에서 나를 얼어붙게 만드는 이런 묘사. "정
말로 많은 사람들이 자살하고 싶어했다. 그러나 그들은 자신의
사진을 찢는 것으로 만족했다!" 여기 있는 아버지의 사진들은
무사하다. 때로는 사람을 피하고 때로는 붙임성 있는, 그렇지만
어쨌든 사라진, 셔터를 누를 때 터지는 플래시 때문에 눈에 띄게
깜짝 놀란 그의 시선을 포착한 즉석 사진들의, 먼지로 뒤덮인―
그리고 마치 니스칠을 한 듯한―필름들.

떠나기 전에, 모든 걸 다시 닫아두고 함석 차양 아래에서 탄
약통 하나와 그가 수비수로 뛰던 시절에 신던 하얀 줄무늬가 있
는 빨간 축구 양말을 발견하기 전에, 그의 옛 치료실 안의 덧문
에 난 커다란 개구멍, 개들이 드나들 수 있도록 뚫어놓은 구멍이
라고 하기에는 너무 큰 그 구멍의 존재를 알아차리기 전에, 그의
작업 테이블 위 작은 벽시계의 초침이 계속 돌아가고 있다는 걸
확인하기 전에, 작별 인사를 하기 전에, 그 모든 것 이전에, 나는
드라이버를 들고 네 귀퉁이의 나사를 조심스럽게 풀어 그의 마
사지 물리치료사 명패를 떼어냈다. 그러고는 그걸 다시 한번 찬
찬히 들여다본 후에 다른 일로 넘어가려 했다. 그런데 녹청색 명

패를 떼어낸 자리에, 나무가 여전히 흰 빛깔을 띠고 있는 그 부분에 그의 성, 그러니까 나의 성이 마치 도깨비불처럼, 녹 색깔의 작은 불꽃처럼 드러났다. 나는 그걸 손가락으로 지워보려 했지만, 그것은 거기에 그대로 완강하고 차갑게 남아 있었다.

파리로 돌아온 나는 철제 경주자 모형들을 하나하나 씻기고 그들의 이름을 하나하나 불러주었다. 그리고 과거로부터 나타난 그 경주자들을 벽난로 위의 나무 선반에 올려놓았다. 조용하지만 내 머릿속에서 벌떼처럼 윙윙거리는 소리, 거기에 아버지의 목소리가 뒤섞인다. "누가 이겼니?"

우리 형제는 명패를 어떻게 해야 할지 아직 결정하지 못했다.

나는 그가 내 입장이었다 해도 그 명패를 떼어냈을 거라고 생각했다. 그런데 이제 내가 그가 나에게 준 그 성을 지워야 할 상황이 되었다. 맨 처음 그 성을 발음하는 소리가 공기중에 울려퍼지던 때가 생각난다. 그 성을 가지게 된 초기에, 사람들이 나에게 이름이 뭐냐고 물을 때면 나는 망설이곤 했다. 나는 거북하면서도 자랑스러웠다. 그 성이 자랑스러우면서도 누군가가 벌떡 일어나 "거짓말쟁이!"라고 소리칠 수도 있다는 생각에 불안하고 거북했다.

28

그동안 나는 그곳에 한 번도 멈추지 않았다. 눈길을 외면한 채 계속 페달을 밟으면서, 그래도 어쩔 수 없이 힐끗 한번 쳐다보고는 빠르게 지나쳐가곤 했다. 하지만 이번에 라 로셸에서 차로 혼자 돌아오는 길에, 나는 아버지가 자살한 주차장 쪽으로 접어들었다. 그리고 작은 언덕길을 오르며 현장을 살펴보았다. 여름밤의 고요. 지나다니는 차는 하나도 없었다. 나는 언덕 중턱에서 시동을 껐다. 그는 주변을 둘러봤을까? 바로 맞은편의 상공업 고용 촉진 협회 지부 건물을 봤을까? 아니면 치밀하게 계획한 것을 실행하는 데 정신을 쏟느라, 실패하지 않으려는 강박에 사로잡혀 이 모든 걸 전혀 보지 못했을까? 모든 걸 계획했던 그, 모든 게 끝났다는 사실을 알릴 전화번호 하나가 적힌, 그의 옆에 펼쳐진 종이 한 장.

  그가 편지에서 암시했던 것처럼, 그걸 교통사고였다고 말할
수 있을까? 나는 한 번도 그렇게 생각해본 적이 없다. 모든 건 시
작되었던 것처럼 끝난다. 아니면 처음과 거의 비슷하게. 1968년
겨울, 어머니의 가장 친한 친구 자클린은 바르브지외에 있는 자
기 부모 집으로 바캉스를 떠나며 나를 함께 데려갔다. 카트르파
비용이라는 교차로에서 직진하고 있던 우리를 향해 차 한 대가
질주했다. 그 사고는 엄마에게 친자매나 다름없었던 자클린의
목숨을 위태롭게 한 대형 사고였다. 골반과 두 다리에 입은 골절
상 그리고 화상을 치료하기 위해 자클린은 오랫동안 꼼짝도 못
하고 누워 있어야 했다. 삶과 죽음의 기로에 선 자클린. 찌그러
진 차 안에 처박힌 나는 한쪽 다리를 약간 다쳤을 뿐 별다른 부
상 없이 그 위기에서 벗어났다. 그후 자클린도 마비 상태에서 깨
어나 조금씩 건강을 회복했다. 그녀는 점차 팔다리의 감각을 되
찾아갔고, 처음에는 한 걸음도 혼자 힘으로 걸을 수 없었지만 시
간이 흐르며 아주 천천히 걸을 수 있게 되었다. 고통스러운 대수
술을 몇 차례 반복한 후, 그녀는 보르도의 어느 젊은 물리치료사
에게 치료를 받기 시작했다. 미셸 포토리노라 불리는 알제리 출
신의 프랑스인. 어느 날 자클린이 내 어머니에게 말했다. 그 젊

은 물리치료사가 아주 괜찮은 남자라고, 굉장히 호감이 가는데다 성실할 뿐만 아니라 얼굴까지 잘생겼다고…… 아버지, 당신이 나에게 최초의 역할, 그러니까 찌그러진 차 안에서 구조된 아들이라는 역할을 주기 전에 그때 내가 들러리를 맡았던 그 교통사고가 아니었더라면, 우리는 과연 어떻게 되었을까요?

나는 다시 시동을 걸었다. 이제 다시는 여기서 멈춰 서지 않을 생각이다. 이건 쓸데없는 짓이다. 그래, 그는 교통사고로 죽은 게 아니다. 아버지는 운전을 아주 잘했다. 침착하고 자신 있게. 나는 그가 수백 개의 길을 훤히 꿰고 있었다는 것과 밤에 운전할 때는 교차로가 나타나기 전까지 차 안의 불을 모두 끄고 옆에서 다른 차가 오는지 살펴보았다는 걸 기억한다. 다른 불빛이 보이지 않으면 그는 전속력으로 달렸고, 그럴 때면 우리는 어둠 속에 잠시 동안 붕 떠 있는 기분을 느끼곤 했다. 분명히 그건 분별없는 짓이었으리라. 하지만 그런 식으로 그는 총총한 별 아래에서 길을 느꼈다. 옛날의 긴 커브길들, 튀니지 남부의 가장 깊숙한 비포장도로에 매복한 사람들의 총격을 피하기 위해 헤드라이트를 끄고 달리던 그의 아버지를 흉내내면서.

29

어느 날 저녁식사를 마치고 난 늦은 시각에 니콜이 아버지의 경주용 자전거 두 대를 나에게 주었다. 그중 하나는 진홍색으로, 한때 내가 빌려 타던 자전거였다. 나는 안장, 토 클립과 가죽끈이 달린 페달, 가슴을 쫙 펼 수 있게 해주는 넓은 핸들을 알아보았다. 핸들 바는 마개가 달아나 속이 훤히 들여다보인다. 이러면 추락할 경우에 위험하다. 그 구멍에 생테밀리옹 와인의 코르크 마개를 끼우면 딱 들어맞을 것이다. 또다른 자전거, 이건 처음 보는 것 같다. 더 현대적이고, 고급 타이어, 새 안장, 자동식 페달 등 장비가 더 잘 갖춰진 검푸른색 자전거다. 그는 바로 이 자전거를 타고 끝까지, 숨이 끊어질 때까지 바람을 맞으며 온 힘을 다해, 아마도 자신의 심장이 자연스럽게 멈추어주기를 바라면서 수 킬로미터를 달렸을 것이다. 아름다운 죽음. 언젠가 그가 말한, 바다에서 죽음을 맞는 선원들처럼. 하지만 그의 심장은 지나치게 튼튼했다. 나는 그 두 자전거를 끌고 캄캄해진 집 밖으로 나온다. 자칫하면 그것들에게 말을 할지도 모르겠다. 내가 너희를 밤새워 지켜주겠다고, 너희를 데려가 타고 달려주겠다고 약속할지도. 오직 그만을, 그의 손, 그의 숨결, 그가 페달을 밟는 방식만 알고 있는 이 자전거들 앞에서 나는 나 자신이 우스꽝스럽고 서투르고 무력하게 느껴진다. 결국 이것들을 건드리지 않고 그냥 내 차고 안에 둔다. 나는 두 자전거를 내 트랙 자전거 옆에 서로 기대어놓았다. 전사했지만 언제라도 되살아날 준비가 되어 있는 용사들.

어느 밤늦은 시간, 늘 어둠에 잠겨 있던 자전거 차고에 웬일인지 불이 환하게 밝혀져 있다. 니콜이 아버지의 서류가 가득 들어 있는 서류 보관용 파일을 내게 건네주었다. 여권(외국으로 나간 흔적이 전혀 없다. 그는 외국은 고사하고 자기가 사는 지방도 거의 벗어나지 않았다. 딱 한 번, 조에가 태어났을 때 파리로 우리를 보러 온 적이 있었을 뿐……), 보르도의 알레 드 투르니 연구소에서 발급한 1969년 혈액형 증명서(증명서에 클립으로 끼워놓은 사진에서 나는 나를 입양한 젊은 남자를 알아본다. 그건 바로 그다. 나는 그런 모습의 그를 다시는 보지 못했다. 움푹 팬 뺨, 여윈 고양이 같은 체구, 눈과 입술에 걸린 미소, 그 시절만 해도 아직은 공식적인 서류에서 미소를 지을 수 있었다), 더 최근의 사진들, 쾌활한 표정, 단추를 모두 푼 체크무늬 셔츠 안에 연푸른색 스웨트셔츠를 받쳐 입은 그, 그리고 그의 빈정거리는 표정과 꾸미지 않은 스타일 때문에 공식적인 서류에는 쓸 수 없었던 또다른 사진들……

이 모든 서류 가운데, 또다른 시절의 서류 하나, 여권 크기의 얇은 마분지 안에 들어 있는 누렇게 변색된 종이, 펜글씨로 그의 이름이 인쇄체 대문자로 적혀 있는 그 종이에는 다음과 같은 글이 쓰여 있다. 프랑스 국방부. 군인 수첩. 1957년 제대.

본 적도 읽은 적도 없었다. 그가 알제리 전쟁에 참전해 용감하게 싸웠다는 얘기를 고모들의 입을 통해 들었을 뿐. 그는 평생토록 그 시절의 이야기를 함구하고 살았다. 나는 그 수첩을 뒤적인다. 아주 오래된 종이 냄새가 난다. 고급 장교의 알아보기 힘든 글씨. 님, 프레쥐스, 튀니스, 닥스 랑드 같은 도시 이름들, 이소스의 도로, 잔 빌라라는 글씨가 눈에 들어온다. 그리고 다음과 같은 문구가 보인다. 제3기병대로 전입. 기갑병과. 모로코 식

민지 보병 연대, 뢰이 병영. 그리고 북아프리카 안전 및 질서 유지 작전 기념 메달. 몇 줄의 표창 내역이 적힌 상장. '1958년 6월 7일 아프리카 알제리 타그마 산악 지대 남동 지역에서 반란군이 점령한, 일산화탄소로 오염된 지하 동굴 침투 작전에 자원. 소속 부대 전원이 퇴각할 때 최후까지 남아 자신의 임무를 충실히 수행함으로써 다시 한번 용기와 침착성을 증명하였기에 이 표창을 수여함.' 오랑 서부 지역 군사령관이자 틀렘센 지역의 치안을 담당하고 있던 한 장군이 이등병 포토리노에게 청동별 메달과 함께 '십자무공훈장'을 공식적으로 수여한다. 어느 날 프랑스의 새로운 자전거 경주 챔피언 마르셀 티나치가 틀렘센 출신이라는 것을 알게 된 그가 마치 어린 시절 입으로 심벌즈 소리를 내던 것처럼 신이 나서 그 이름을 발음하던 것이 기억난다. 틀렘센! 그 지명은 분명히 나에게 생소한 것이었다. 그는 자신의 무공에 대해 말하지 않으려고 대단히 조심해왔으니까. 그건 겸손함 때문이기도 했지만 혐오감 때문이기도 했다. 그 전쟁은 그를 반군국주의적인 성향으로 기울게 만들었다. 나는 그가 수행한 독가스로 가득찬 동굴 안에서의 임무를 풍문으로 들었다. 그는 그 안에서 나올 생각을 하지 않고 임무에 열중했고, 그래서 누군가 그를 긴급히 끌어내야만 했다. 지금 생각해보면 그는 스무 살 나이에 이미 생을 완전히 끝내기 위해 그 깊은 심연 속에 자발적으

로 들어갔던 게 아닐까 하는 의문이 스친다. 그로부터 거의 오십
년 후 그는 자신이 바로 그 죽음과 오래전부터 약속이 되어 있다
고 썼다. 그는 타그마 산악 지대의 지하 동굴 속에서 죽음과 계
약을 맺은 것일까? 1970년대에 세르주 라마가 부른 알제리에 관
한 샹송(총을 들고 있었지만 그곳은 아름다운 나라였어, 라는 가
사)이 그를 못 견디게 만들었던 것을 기억한다. 그 노래 가사처
럼 '병정놀이를 한다'는 느낌을 받지 못했던 그. 문득 그 젊은이
에게 발급된 휴가증이 내 눈에 들어온다. 네드로마(알제리)에서
닥스(랑드)로, 튀니지에서 망명한 그의 부모 집에서 보낸 이십일
일간의 휴가. 1960년 2월 20일자로 해병 기갑부대 구비옹생시르
의 육군 중령이 서명한 이 휴가증은 철도 교통편 이용시 이등석
에 한해 군인 할인 요금이 적용된다.

1960년 2월 20일. 그 휴가 기간 동안 그가 같은 해 8월 26일
에 태어날 나를 임신한 어머니를 다시 만나러 가는 장면을 상상
해볼 수도 있을 것이다. 그렇다면 그건 한 편의 아름다운 소설이
될 것이다. 나는 상상 속에서 감정의 퍼즐을 재구성한다. 그는
그녀에게 자신의 생일인 8월 30일까지 조금만 더 참았다가 나를
낳으라고 부탁하기까지 했을 것이다. 하지만 이건 말도 안 되는
나 혼자만의 망상이다. 1960년 2월, 미래의 미혼모인 엄마는 자

신의 불행을 숨기기 위해 먼 일가친척이 살고 있는 알프스마리팀 산악 지대로 쫓겨가 있었다. 모로코 출신의 유대인인 내 친아버지는 거기서 멀리 떨어진 곳에 있었다. 그리고 미래에 내 아버지가 될 미셸, 아마도 그때부터 이미 죽을 생각에 사로잡혀 있었을 그는 그 젊은 여자의 존재조차 모르고 있었다.

30

나는 가족들과 함께 그의 누이이자 나의 고모인 준과 고모부 앙드레의 집 넓은 거실에 앉아 있다. 두 사람은 청소년기를 자전거 경주에 심취해 보내던 나를 적극적으로 지지해주었고, 심각한 병에 걸려 당장 죽어버렸으면 좋겠다는 생각에 사로잡혀 있던 열일곱 살 내 영혼의 상처를 치료해준 분들이다. 나는 엄청나게 넓은 한쪽 벽면을 바닥에서 천장까지 온통 차지하고 있는, 짙은 색 나무로 만든 그들의 서가를 바라본다. 소설, 철학서, 자크 엘륄의 기술 사회에 관한 논문, 포도주와 포도주 향에 관한 개론서, 고대 이탈리아에 관한 입문서. 내가 독서의 진정한 즐거움을 맛보고 책 읽는 방법을 배운 건 바로 여기, 이 방 안에서, 진열된 이 장서들 가운데에서 작은 행복을 얻으면서부터였다. 아버지와 나는 대화가 단절된 상태였다. 어느 날 아침 내가 신경질을 부리다가 코코아가 든 그릇을 내팽개치는 바람에 내용물이 사방으로 튀면서 부엌을 엉망으로 만들었는데, 그는 그런 내 행동을 보고도 어떻게 하지를 못했다. 그 우울한 일화에서 훨씬 더 우울한 일화, 그의 죽음과 관련된 일화가 떠오른다. 나는 아버지가 나에게 삶의 의욕을 불어넣어주기 위해 들려준 말들을 지금도 기억 속에 간직하고 있다. 그는 죽음에 관한 나의 강박관념에 그 자신의 생에 대한 열정과 인간의 몸에 대한 믿음을 대비시켰다. "아니, 인간의 몸을 죽게 하려면 아주 많은 것이 필요하단다. 그건 거역하기에는 너무 완벽하게 만들어진 믿을 수 없는 역학 구조야." 하지만 그가 생을 끝장내는 데에는 총알 한 방으로 충분했다. 그리고 나는 어처구니없게도, 자신의 애완견과 함께 있는 그를 떠올린다. 총알을 찾아와, 어서—마침내 그걸 찾아낸 건 아버지, 바로 당신이다.

그 표현이 생각난다. 총 앞의 개.*

우리는 준과 앙드레의 거실에 있다. 내 동생 프랑수아가 조명

---

* 프랑스어로 '총 앞의 개'는 모로 누워 웅크린 자세를 의미한다.

불빛을 낮추었다. 잃어버린 줄 알았던 슈퍼 팔 밀리미터 필름을 그가 찾아냈기 때문이다. 노란색 릴에 감겨 있는 그 필름은 대부분 내가 촬영한 것이었다. 영사기의 모터 소리가 들린다. 끝부분이 비스듬히 잘린 필름이 톱니바퀴 모양의 스프로킷 안에 끼어 들어간다. 찰각-찰각-찰각. 펜글씨로 적어놓은 정보는 영상과 반드시 일치하지는 않는다. 지금은 1972, 1973, 1974년이다. 우리는 어리다, 우리는 아이들이다. 각자 이러쿵저러쿵 해설을 곁들인다. 어떤 영상은 어떤 추억을 불러일으킨다. 그러다 입을 다문다. 아버지가 막 화면에 나타났기 때문이다. 가벼운 옷차림, 허리띠도 매지 않은 리넨 바지, 납작한 배, 날씬한 체격, 카메라를 쳐다보며 장난기 넘치는 윙크를 던지는 그. 카메라 뒤에는 내가 있다. 그 장면은 나의 망막 위편 어딘가에 존재한다. 그리고 그 장면이 다시 나타난다. 무성 슈퍼 팔 밀리미터 필름, 약간 낡은 색깔, 또다른 삶, 우리는 숨을 멈춘 채 그 삶을 다시 발견한다. 필름 몇 개는 어디론가 사라지고 없다. 아마도 1976년이었던 듯한데, 그 여름 그가 퐁테야크 해변에서 축구공을 차는 모습을 찍은 필름이 생각난다. 가죽 공을 차는 둔탁한 발길질 소리가 아직도 들리는 것 같다. 모래 위에 찍힌 그의 발자국들. 내 생각에 아버지는 좀처럼 흔적을 남기지 않는 부류인 듯하다. 시간은 그 흔적을 와해시키겠다고 위협한다. 후일, 그 흔적들이 정말로 존재했었는지 의심스러울 정도로. 이 글은 그에게로 거슬러올라가고 싶어하는 사람을 위한 통행증으로 쓰일 것이다. 나는 마치 옛날의 서부 영화에서처럼 담황색의 애팔루사종 말을 타고, 오직 하나의 환영, 미소짓는 신기루, 투명하지만 뚫고 들어갈 수 없는 수증기, 얼마 안 되는 것만을 자신의 항적 속에 남기려 애쓰는 네페르세족 인디언인 그를 상상한다. 시간의 간격이 점점 벌어지면서 엽총이 발사되는 소리가 점점 더 나를 숨막히게 한다. 아버지와 앙드레는 늙어가는 그들의 개들이 항상 새는 놓치고 따뜻한 새 둥지만 찾아낸다고 말하며 웃곤 했다. 그 개들이 사냥감을 너무 일찍 몰아내는 바람에 주인들이 그 지점에 도착할 때쯤이면 새들은 이미 날아가버린 따뜻한 둥지만 발견하고 분통을 터뜨려야 했던 것이다. 아버지는 자신의 차가운 자리를 남겼다. 그가 있는 곳으로 가서 그를 내몰아 밖으로 나오게 하기 위해서는 포인터의 후각이 필요할 것이다.

잠을 자기 전에 나는 우연히 쥘 르나르의 『일기』를 펼쳤다. 그리고 또 우연히 다음과 같은 고백을 발견한다. 그의 아버지는 입안에 총을 쏘아 자살했다. 이건 정말로 우연일까? 나는 미심쩍어하면서 계속 읽는다. "그는 우리에게 점점 쇠약해져가는 자신의 모습을 보여주지 않았다. 그래서 그는 내가 보기에 나보다 더 건강한 상태에서, 한창 건강할 때 자살했다." 그리고 더 나아가, "그는 너무 고통스러워서 자살한 게 아니라, 건강한 상태로 살고 싶었기 때문에 자살했다." 그리고 마지막으로, "마치 파열된 눈처럼 나를 노려보는 텅 빈 탄피."

나는 책을 덮는다. 무력하게.

31

내가 그를 막을 수 있었을까? 이 물음은 언제까지나 내 가슴을 아리게 할 것 같다.

2007년 12월 어느 날 저녁, 우리는 나란히 어둠 속을 걷는다. 샤롱 성당에서 열리는 클래식 음악 콘서트에서 내 딸 엘자가 피아노 연주를 하기로 되어 있었다. 그 겨울날 금요일 나는 나탈리와 함께 일부러 라 로셸에 내려갔다. 나는 아버지와 니콜에게 기별을 해서 연주회가 끝나면 외식을 할 거라고 말해두었다. 아버지는 불안해했다. 나는 그의 수중에 돈이 별로 없다는 걸 알아차렸다. 더구나 한 달 전에 그는 난생처음으로 자신이 갚지 못할 거라는 걸 잘 아는 액수의 돈을 나에게 빌려달라고 했다. 나는 살다보면 그럴 때도 있는 거다, 전혀 신경쓰지 마라, 그리고 마을의 음식점 쇼콜라에서 저녁식사를 한다 해도 내가 알아서 계산할 테니 걱정하지 않아도 된다며 아버지를 안심시켰다. 결국엔 나탈리가 나서서 에스낭드의 음식점 주인들과 이야기해 상황을 정리했다. 콘서트가 끝나고 나서 음식이 우리집으로 배달될 것이고, 자리에 참석한 사람들 모두 푸가스, 홍합 요리, 생선 수프를 즐길 수 있을 것이다. 아버지는 그걸 알고 안도했다. 지금 우리는 나란히 걷고 있고, 이미 샤롱 성당의 종탑이 어둠 속에서 또렷하게 모습을 드러내고 있다. 니콜과 나탈리는 뒤에서 따라오고 있고, 아이들은 앞에서 달리고 있다. 아버지가 갑자기, 마치 결승점 앞에서 팔꿈치로 경쟁자를 밀치고 앞으로 돌진하는 달리기선수처럼 나에게로 바짝 다가선다. 그가 걸음을 서두른다. 나는 왜 그러는지 즉시 눈치채지 못한다. 왜 갑자기 이렇게 흥분하는 걸까? 우리는 어깨를 맞댄다. 그리고 불안한 듯 그가 나에게 속삭인다. 콘서트 티켓값은 내가 내줄 거라 믿는다고. 나는 아버진 그런 것에 신경쓰지 않아도 된다고, 아버지가 왜 그런 걱정을 하느냐며 그를 안심시킨다. 나는 아버지 때문에 마음이 아프면서도 완전히 빈털터리에다 의존적이고, 그래서 의기소침해 있는 모습이 한편으로는 원망스럽다. 앞으로 삼 개월이 채 못 되어, 그는 궁극적인 해결책을 찾아낼 터였다.

내가 그를 막을 수 있었을까? 그가 나에게 도움을 청했을 때, 나는 별말 없이 그가 원하는 대로 해주었다. 나는 그가 무일푼이라는 걸 짐작하고 있었다. 그가 의료행위를 못하게 된 이후로 니콜이 그에게 필요한 모든 생필품을 조달해주고 있었다. 그는 기초 노후 연금도 받지 못하고 있었다. 그걸 받으려면 이곳저곳을 찾아다니며 절차를 밟고 서류를 작성해 제출해야 했을 것이다. 그런데 준의 남편 앙드레가 자신의 조카에게 도움을 얻어 마침내 그가 정기적으로 연금을 받도록 허가를 받아냈다. 얼마나 다행한 일인가! 하지만 허가를 받아낸 그날이 바로 그 비극이 일어난 날이었고, 그래서 아버지는 그 사실을 영영 알지 못했다.

그 돌이킬 수 없는 행위가 있기 여드레 전에 우리는 라 로셸로 내려갔고, 그가 우리집으로 점심을 먹으러 왔다. 그전에 전화 통화를 할 때 그는 난처해하면서 나에게 돈을 갚을 수 없겠다고 다시 말했다. 나는 신경쓰지 말라고 대답했다. 나는 그 문제에 대해 아버지와 진지하게 이야기해보기로 결심하고, 그와 단둘이 있을 기회를 엿보았다. 나는 그에게 매달 일정 금액의 돈을 부쳐주겠다고 말하고 싶었다. 하지만 그가 나의 제안을 어떻게 받아들일지 알 수 없었다. 도저히 버틸 수 없는 최악의 상황에 몰렸을 때 어쩔 수 없이 아주 어렵게 돈 얘기를 꺼냈을 게 분명한데.
나는 아내와 동생 프랑수아에게도 내 의향을 미리 알려두었다.
그날, 그는 만면에 웃음을 띠고 찾아왔다. 아주 즐거운 기분으로
삶의 기쁨을 발산하면서. 그의 자존심과 결부된 문제인 만큼 어
떻게 말을 꺼내야 좋을지 몰라 계속 기회를 엿보았지만, 그 이야
기를 꺼낼 적당한 기회를 잡기가 어려웠다. 점심식사 자리에 몇
몇 친구들이 함께했고, 우리는 요양원에 기거하는 노인들의 말
년에 관해 이야기하기 시작했다. 돌이켜 생각해보면, 그때 오갔
던 표현을 정확하게 기억할 수는 없지만, 상당히 충격적인 내용
이었던 것 같다. 우리는 죽음의 대기실 같은 요양원의 부정적인
측면을 거론했다. 즉시 아버지가 그 대화의 중심에 떠올랐다. 하
지만 그는 아주 건강해 보였다. "아버진 잘 지내셔!" 나는 열을
내며 동생에게 말했다. "너무 잘 지내셔서 탈이지." 생각에 잠긴
듯한 프랑수아가 그렇게 대꾸했다. 우리는 파리로 돌아왔고, 나
는 아버지에게 아무 말도 하지 못했다. 그는 자신의 진짜 모습을
완벽하게 감추고 사람들의 눈을 속였다. 브라보, 위대한 배우여.
우리는 서로 포옹했다. 그게 마지막이었다. 나는 그 사실을 모르
고 있었다. 하지만 그는 알고 있었다.

  내가 그를 막을 수 있었을까? 나의 모든 주변 사람들, 내 가족,

내 친구들은 내게 '아니'라고 말한다. 하지만 나는 마음속 깊은 곳에서 '막을 수 있었다'고 생각한다. 그런 생각을 갖고 사는 건 끔찍하다. 만일 내가 더 세심하게 그를 돌봤다면, 그가 아무리 싫다고 거절하더라도 그를 돕겠다고 더 강하게 밀고 나갔더라면 그는 어쩌면 그 행동을 미뤘을 것이고, 게다가 연금을 정기적으로 받을 수 있었더라면 그가 그런 식으로 생을 마감하지는 않았을 거라는 생각이 든다. 하지만 이제 와서 나 혼자 그런 생각을 해봐야 무슨 소용일까? 그런데도 나는 혼자 그렇게 중얼거린다. 지금 내가 느끼는 감정은 정말 말로 표현할 수가 없다. 진부한 말로는 도저히. 나에게서 무언가가 떨어져나가 공중에 떠돈다. 눈에 보이지 않지만 한결같이. 나는 슬픔 없는 슬픔을 느끼고, 고독 없는 외로움을 느끼며, 기쁨 없는 행복을 느낀다.

32

아마도 나는 글쓰기에 너무 지나친 기대를 걸었던 것 같습니다. 글쓰기를 통해 당신의 심연 밑바닥까지 내려갈 수 있으리라 생각했습니다. 당신에게 집요하게 들러붙어 있던 그 어두운 죽음에의 의지를 밝혀낼 수 있으리라 믿었습니다. 그런데 이제 나는 여정의 막바지에 와 있고, 그래서 자인하지 않을 수 없군요. 나는 아무것도 속이거나 회피하지 않았지만, 그럼에도 아무것도 밝혀내지 못했다는 것을.

살아 있는 나를 고통 속에 서서히 빠뜨린 당신의 그 행동에 대한 분노가 깊어질수록 당신을 향한 사랑도 깊어집니다. 자기중심적인 작가의 관점에서, 나는 나의 가장 훌륭한 등장인물을 잃었습니다.

우리는 대화를 나눴어야 했지만 언젠가부터 더이상 진지한 대화를 나누지 않았습니다. 우리는 갈등이나 몰이해를 낳을 수 있는 얘기는 서로 피했습니다. 우리는 표면에 머물러 있었고, 거기에는 아무것도 위험할 게 없었지요. 우리는 우리에게서 멀어져가는 시간에 대해서가 아니라, 그저 날씨에 대해 이러쿵저러쿵 말했습니다. 내가 청소년기를 지나 성년으로 접어들었을 때, 우리는 사형 제도에 관해 서로 대립했고(당신은 찬성했고 나는 반대했지요), 때때로 나를 화나게 하는 당신의 권위주의 때문에 시도 때도 없이 다퉜습니다. 모든 게 매끄럽지 않았고, 당신과 엄마 역시 결국 헤어지게 되었지요. 하지만 그런 결함을 지닌 당신은 그 자체로 나의 영웅이었습니다. 속을 알 수 없는 악마에게 은밀하게 괴롭힘을 당할수록 더더욱 내 마음을 사로잡는 영웅.

내가 당신을 정말로 알고 있었을까요? 당신을 정말로 이해했던 걸까요? 그 죽음은 어디에서 불쑥 나타난 것일까요? 당신을 태우지 않고 가프사를 향해 떠나는 가족들의 차로부터? 타그마 산악 지대와 그 독가스로부터? 모포에 둘둘 말린 그 잘린 머리로부터? 눈에 보이지 않는 또다른 깊은 상처들로부터? 우리가 나눴던 그 모든 말과 모든 침묵이 우리를 단단히 결속시켜주었습니다. 우리는 서로를 보호했습니다. 당신은 당신이 나에게 주는 것들을 통해, 나는 내가 당신에게 더는 묻지 않는 것들을 통해.

당신의 손이 능력을 잃게 되고, 그래서 타인들의 고통을 더이상 덜어주지 못하게 되고, 그로 인해 겪게 된 물질적인 어려움…… 그 모든 것이 당신을 블랙홀로 밀어넣었을 겁니다. 아니면 혹시 당신이 가슴속에 간직해둔, 밝히지 않고 남겨둔 다른 고통이 있는 건가요? 밝혀지지 않은 채 남은 말없는 고통. 내가 침범하지 않은 당신의 어두운 부분. 내가 성가시게 따라다니면서 그 부분을 사랑의 힘으로 무너뜨렸더라면 얼마나 좋았을까요!

에필로그

2008년 8월 30일. 오늘 당신은 일흔한 살입니다. 아니, 이제는 이렇게 말해야 합니다. 오늘 당신은 일흔한 살이었을 것이라고. 푸른 하늘에 강렬하게 빛나는 태양 때문에 잠을 깬 나는 아주 일찍 자리에서 일어났습니다. 생일 축하합니다, 이 화창한 날의 빛 속 어딘가에 있을 아버지. 나탈리가 내 생일 선물로 준 음반에서 프랑수아즈 아르디가 "태양, 난 널 사랑해"라고 노래합니다. 나는 우리들의 생일을 생각합니다. 나는 8월 26일, 프랑수아도 나와 같은 날, 당신은 8월 30일. 마치 우리 두 형제의 생일이 당신의 생일을 예고하는 것처럼, 마치 내가 태어나고 십 년이라는 세월이 흐른 후에 프랑수아가 태어난 것이 내 생일을 더욱 가치 있는 날로 만들어준 것처럼. 오늘은 자전거를 타기에 더없이 좋은 날씨군요. 자전거를 타고 숲을 지나 센 강을 따라갑니다. 그리고 나는 당신에게 말합니다. 당신을 생각합니다. 당신은 도처에 있습니다. 오늘 나는 준 고모에게 전화를 걸 겁니다. 그녀는 눈물을 참고 당신을 기억하며 공상에 빠질 게 분명합니다. 나는 니콜에게도 전화를 걸 겁니다. 그녀는 해마다 바로 오늘, 당신의 생일을 축하하는 전화가 온다는 것을 기억하고 있습니다. 어제 나는 파리에서 자전거를 탔습니다. 당신이 봤으면 분명히 탄성을 질렀을 자전거, 네 번을 접을 수 있는 영국제 자전거(그리고 당신은 "자전거도 제대로 탈 줄 모르고 길이는 인치로 계산하는 그 '멍청한' 영국인들"도 때때로 천재적인 데가 있다는 것을 인정해야만 할 겁니다). 나는 우리의 친구이자 〈르몽드〉의 동료였던 에마뉘엘 드 루에게 마지막 영원한 작별 인사를 한 후에 자전거를 타고 길을 가로질러 달렸습니다. 회색빛이 감도는 우중충한 날이었고, 우리 모두는 갑자기 생기를 잃고 늙어 보였습니다. 걸어 다니는 돌부처, 부드러운 목소리, 미소를 머금은 눈, 조금도 젠체하지 않는 면모에 당신은 그 위대한 문인을 아주 마음에 들어했을 겁니다. 우리가 브라상스의 상송 〈세트 해변에 묻히기 위한 청원〉('자기 콧구멍에 꽃잎을 뿌렸다고 나를 결코 용서하지 않았던 친구')이 울려퍼지는 생제르맹데프레 성당에서 나왔을 때, 갑자기 태양이 그 눈부신 온화함으로 우리를 빛 속에 침수시켰고,

그래서 에마뉘엘을 향해 있던 내 생각은 생제르맹에 반짝이는 북아프리카의 그 빛과 순결함 속에서 나에게 신호를 보내곤 하던 당신에 대한 생각과 뒤섞였습니다. 나는 접이식 자전거를 펼치고, 한결 가벼워진 마음으로 다시 출발했습니다. 하지만 달리는 동안 나타나는 장의사 간판에 나도 모르게 자꾸만 눈길이 가는 건 어쩔 수가 없더군요. 그래도 곧 괜찮아질 겁니다. 금방 괜찮아질 거예요.

11월. 나는 라 로셸로 돌아와 며칠을 보냈습니다. 죽음의 축제. 날마다 당신의 축제입니다. 당신을 생각하지 않고 지나가는 날은 단 하루도 없으니까요. 아무것도 아닌 것을 가지고도, 거리의 크레이프 냄새나 축구 경기 결과, 프랑스 대 튀니지 경기에서 휘파람으로 부르는 〈라 마르세예즈〉(당신은 틀림없이 이 일에 분개했겠지요), 그런 것들만으로도 당신이 저절로 떠오릅니다. 여름이 끝난 이후로 통증이 심해진 한쪽 어깨 때문에 진찰을 받아야 하겠지만, 그 통증을 사라지게 하는 방법은 오직 당신만이 알려줄 수 있을 거라는 이상한 생각이 듭니다. 그래서 나는 저절로 낫기를 기다립니다. 나는 당신에게 말하고, 당신의 목소리를 듣습니다. 아마도 신경이 늘어나서 그런 걸 거라고 말하는 당신의 목소리. 쇄골—작은 열쇠를 의미하는 단어—주위의 욱신거

림, 이것은 또한 내 곁에 당신을 두기 위한 수단, 당신이 살아 있었더라면 해질녘까지 당신을 기다렸다가 통증을 가라앉히는 방법을 물어봤을 거라고 혼자 중얼거리며 나 자신을 다독거리는 수단이기도 합니다. 당신은 분명히 '작은 열쇠'를 찾아주겠지요.

어느 날 저녁 나는 텔레비전에서 영화 〈세상의 모든 아침〉을 보았습니다. 주인공 젊은 마랭 마레와 노년의 마랭 마레를 연기한 드파르디외 부자. 개봉하자마자 영화관을 찾아가 본 영화지만, 이번에는 기욤 드파르디외의 죽음 때문에 다른 느낌으로 와 닿았습니다. 거기서, 자신의 아들 뒤에 살아남은 건 바로 아버지입니다. 아버지, 우리 경우와는 반대로. 그가 홀로 읊조리던 그 대사는 나로 하여금 정신이 번쩍 들게 만들었습니다. 세상의 모든 아침은 다시 돌아오지 않는다. 모든 나날은 똑같은 날이며, 모든 추위는 똑같은 추위다(나는 '추위froid'라고 쓰면서 '공포effroi'라는 단어를 떠올립니다. 그리고 옹플뢰르에 있는 에릭 사티의 집 벽에 있던 낙서가 생각나기도 하는군요. "나는 벽장 속, 내 추위의 언저리에서 산다"). 다음날, 나는 이상한 꿈을 꾸었습니다. 그 꿈은 그날 내내 그리고 그후 며칠 동안 계속 나를 따라다녔습니다. 하지만 그날 밤의 이미지가 이제는 전혀 기억나지 않는군요. 당신은 집에 되돌아와 있었습니다. 당신은 웃었고 엄마도 웃었습니다. 두 분 모두 웃고 있었습니다. 왜 그런지 이유는 모르겠지만. 당신들은 젊었습니다. 그러니 그건 그전이었을까요? 두 분이 헤어지기 전? 아니면 다시 시작한 삶? 탁자 위에는 검은 가죽 수첩이 놓여 있었습니다. 직사각형 모양의 빳빳한 가죽 수첩, 그걸 펼치면서 나는 에릭 샤브르리라 적힌 내 이름을 보고 있었습니다. 내 무의식이 나에게 어떤 메시지를 보낸 것인지는 모르겠습니다. 그리고 나는 더이상 이러쿵저러쿵 길게 늘어놓고 싶은 생각이 없습니다. 나는 오직 당신들의 미소만 머릿속에 간직합니다. 당신들의 미소, 당신들의 젊음, 흐르면서 서로 뒤얽히는, 그리고 그걸 풀 줄 아는 아주 영리한 시간의 마법을.

오늘 아침 해안 도로 위로 비가 내렸습니다. 나탈리와 나는 는개를 맞으며 걸었습니다. 조에는 앞에서 자전거를 타고 가고 있었지요. 곱슬머리가 삐져나온 노란 헬멧을 쓰고 노란 우비를 입은 그 아이는 멀리, 작은 오렌지색 점처럼 보였습니다. 낚시 텐트 앞에 다다른 우리는 낡은 르노 4에 시동을 걸고 있는 어떤 노인을 보았습니다. 비가 내 안경과 그의 차 앞유리창을 얼룩지게 하고 있었습니다. 하지만 나는 그의 얼굴, 그리고 특히 그의 미소를 알아보았습니다. 한쪽 입꼬리가 올라간 미소, 너무 크고 휘어진 입술 모양, 마치 얼굴에 난 상처 같은, 마치 신체적 결함 같은 미소를. 그 노인은 아마도 일흔다섯, 아니면 그보다 더 되어 보였습니다. 그는 당신을 약간 닮았습니다. 세월이 당신을 공격하도록 내버려두었더라면, 침울한 미남인 당신의 강렬하고 광물적인 표정을 공격하게 놔두었더라면 그렇게 변했을지도 모릅니다. 뇌출혈로 쓰러진 후에, 당신은 얼굴의 일부분이 마비되었고, 미소는 뻣뻣해졌습니다. 하지만 재활 훈련 덕분에 표정을 포함해 모든 것이 정상으로 돌아왔지요. 가끔 너무나 피곤한 저녁 무렵에만 당신의 얼굴 윤곽은 팽팽하게 당겨지면서 비뚤어지고 당신의 미소가 벼랑 아래로 와르르 무너져내렸지요. 그 노인이 우리를 슬쩍 쳐다보았고, 바로 그때 당신의 모습이 스쳐지나갔습니다. 당신이 결코 우리에게 보여주고 싶어하지 않았을 모습의 당신, 삶이 조금씩 변해가도록 내버려두기에는 너무도 삶을 사랑했던 그 영원한 젊은이의 휘청거리는 그림자처럼 쇠약해지고 일그러진 모습이. 서둘러 떠나면서 손뼉을 치며 말하던 당신의 모습을 마지막으로 떠올립니다. 당신이 아프리카에서 길을 묻던 것처럼 한 번, 두 번 손뼉을 치며, "자, 이제 그만 가볼까." 그러고는 떠났지요. 그런데 이번에 당신은 정말로 떠났습니다. 안녕히 계세요, 아버지, 안녕, 영원한 작별의 인사가 아닌 단순한 안녕. 다시 만날 때까지 우리는 서로를 그리워하게 될 겁니다.

행복한 남자

에릭 포토리노가 누구인지, 그가 얼마나 대단한 인물인지 모른다 하더라도 이 책은 충분히 가치 있고 아름답다. 문체가 더없이 훌륭하다거나, 글의 짜임새가 완벽하다거나, 내용이 지극히 심오해서가 아니다. 오히려 이 책에서 저자는 감정에 복받쳐 길을 잃고 더듬거리거나 동일한 상황이나 내용을 조금씩 다르게 되풀이하는 등 가벼운 실수를 범하기도 한다. 그럼에도 불구하고 이 책은 아름답고, 그런 결함들이 오히려 미덕으로 다가온다. 그것은 오로지 한 가지 이유, 아버지에 대한 사랑과 그리움을 홍수처럼 쏟아내는 아들, 절절한 사부곡思父曲을 풀어내면서 아버지를 잃은 막막한 슬픔을 추스르려 하지만 생각대로 극복되지 않는 감정에 오래도록 괴로워하는 아들, 그리하여 기억과 글로써 아버지를 영원한 존재로 만들고자 하는 아들을 이 책에서 만나볼 수 있기 때문이다.

아버지에 대한 사랑, 그것은 너무도 당연한 것처럼 생각되지만 이즈음의 우리 세상에서 실제로 찾아보기 힘든 정서다. 그리고 그런 사랑의 감정을 이처럼 한 권의 책으로 풀어내는 것을 보는 건 더더욱 드물고 '신기한' 일이다. 아버지에게서 벗어나면서 혹은 벗어나려 애쓰면서 점점 아버지를 잊고 살아가는 대부분의 사람들에게 아버지를 향한 사랑은 추상적인 관념, 일상에서 별로 되돌아보지 않는 낡은 어휘, 혹은 발음하기 쑥스러운 단어로 머물러 있을 뿐이다. 그래서 우리는 이 책을 읽으면서 화석화되어버린 그 정서가 생생하게 살아 꿈틀거리는 것에 놀라고, 그것을 낯설게 바라보는, 혹은 낯설게 바라볼 수밖에 없는 우리 자신에게 또 한번 당혹감과 죄책감을 느끼게 된다.

그런데 이 책은 또하나의 독특하고 중요한 요소를 지니고 있다. 이것은 구태의연한 사부곡이 아니다. 아들 에릭 포토리노와 아버지 미셸 포토리노의 사랑 방식은 여느 부자지간의 사랑과는 사뭇 다르다. '은밀하게 나를 사랑한 남자'라는 제목이 시사하듯, 그들은 아버지와 아들이라기보다는 마치 연인처럼 사랑을 나눈다. 은밀하게. 인간 대 인간으로. 그들의 사랑에는 비밀스러움, 은은한 떨림, 밀도 짙은 교감과 부드러운 열정이 있다. 그것은 에릭이 아버지를 얻게 된 과정이 평범하지만은 않았기 때문이리라. 핏줄로 이어진 관계를 뛰어넘는, 자유의지에 의해 선택된 관계. 나를 받아들여주겠니? 예, 기꺼이! 알제리 출신의 물리치료사 미셸 포토리노, 그는 에릭의 생물학적인 아버지가 아니기 때문에 아버지 이상의 아버지가 될 수 있었는지도 모른다. 아홉 살 에릭에게 선물처럼 나타난 아버지, 에릭에게 포토리노라는 성姓을 주고 '아빠'라는 호칭을 발음할 수 있게 해준 아버지, 엄마와 헤어진 후에도 침묵 속에서, 적극적으로, 끝없이 그에게 길을 안내해주고 아낌없이 지원해준 아버지……

그런데 그런 아버지가 어느 날 느닷없이 자살로 생을 마감했다. 아버지를 얻는 과정도 남달랐지만 잃는 과정 역시 그러하다. 충격에 휩싸인 에릭 포토리노는 과거와 현재를 오가며 긴 애도 작업을 거친 후에, "자기중심적인 작가의 관점에서, 나는 나의 가장 훌륭한 등장인물을 잃었습니다"(194쪽)라고 말한다. 하지만 그건 틀린 말이다. 아버지의 죽음을 통해 그는 오히려 미셸 포토리노라는 매력적인 인물의 초상을 생생하게 그려냈기 때문이다. 인간미가 철철 넘치며 소박하고 다정하고 자기 철학이 뚜렷하고 과묵한 인간이 에릭의 진정 어린 필치를 통해 우리들 앞에 선명하게 모습을 드러낼 때 진정한 한 명의 아버지는 이 세상에서 사라지지 않고 영원한 존재가 되며, 그리하여 우리는 안도의 감정을 느낀다. 그런 아버지를 가질 수 있었고, 그 아버지와 깊이 교감할 수 있었다는 것, 그런 아버지를 그리워하며 이런 글을 쓸 수 있었다는 것, 그 자체만으로 에릭 포토리노는 행복한 남자다.

2015년 10월
윤미연

지은이 **에릭 포토리노**

1960년 프랑스 니스에서 태어났다. 라 로셸 대학 법학부, 파리 10대학, 파리정치대학에서 공부한 뒤 르몽드에 입사해 기자로 일하던 그는 1991년 첫 장편소설 『로셸』 출간 후 자전적 이야기를 중심으로 왕성한 작품 활동을 이어간다. 1998년 『아프리카의 심장』으로 아메리고 베스푸치 상을, 2004년 『코르사코프 증후군』으로 프랑스 서점 대상과 프랑스 텔레비전 상을 수상했다. 같은 해 『붉은 애무』를 발표해 아카데미 프랑세즈가 수여하는 프랑수아 모리아크 상과 장클로드 이초 상을 받았고, 2007년에는 『영화의 입맞춤』으로 페미나상을 수상했다. 그 밖의 작품으로 『배영』 『셰브로틴』 등이 있다.

옮긴이 **윤미연**

부산대학교 불어불문학과 및 동 대학원을 졸업하고 프랑스 캉 대학교에서 공부한 뒤 전문번역가로 활동하고 있다. 옮긴 책으로 『허기의 간주곡』 『라가』 『어느 완벽한 2개국어 사용자의 죽음』 『세상에서 가장 작은 동물원』 『첫 문장 못 쓰는 남자』 『나쁜 것들』 『우리는 함께 늙어갈 것이다』 『마지막 숨결』 『사랑을 막을 수는 없다』 『구해줘』 등이 있다.

문학동네 세계문학
은밀하게 나를 사랑한 남자

초판 인쇄 2015년 11월 5일 | 초판 발행 2015년 11월 20일

지은이 에릭 포토리노 | 옮긴이 윤미연 | 펴낸이 염현숙

책임편집 김영수 | 편집 김미혜 오동규
디자인 강혜림 이원경 | 저작권 한문숙 박혜연 김지영
마케팅 정민호 이미진 정진아 전효선 | 홍보 김희숙 김상만 한수진 이천희
제작 강신은 김동욱 임현식 | 제작처 영신사

펴낸곳 (주)문학동네
출판등록 1993년 10월 22일 제406-2003-000045호
주소 10881 경기도 파주시 회동길 210
전자우편 editor@munhak.com | 대표전화 031) 955-8888 | 팩스 031) 955-8855
문의전화 031) 955-1927(마케팅) 031) 955-8868(편집)
문학동네카페 http://cafe.naver.com/mhdn | 트위터 @munhakdongne

ISBN 978-89-546-3821-0 03860

www.munhak.com